極北に駆ける

极北直驱

〔日〕植村直己 著　陈宝莲 译

人民文学出版社
PEOPLE'S LITERATURE PUBLISHING HOUSE

著作权合同登记号　图字 01-2016-6933

KYOKUHOKU NI KAKERU
by UEMURA Naomi
Copyright © 1974 by UEMURA Kimiko
All Rights Reserved.
Original Japanese edition published by Bungeishunju Ltd., Japan 1974.
Chinese(in simplified character only) soft-cover rights in China reserved by
SHANGHAI 99 CULTURE CONSULTING CO., LTD. under the license granted
by UEMURA Kimiko arranged with Bungeishunju Ltd., Japan
through The Sakai Agency, Japan and Bardon-Chinese Media Agency, Taiwan(R.O.C.)

图书在版编目(CIP)数据

极北直驱/(日)植村直己著;陈宝莲译.—北京:
人民文学出版社,2016
（远行译丛）
ISBN 978-7-02-011825-0

Ⅰ.①极… Ⅱ.①植… ②陈… Ⅲ.①游记-作品集-
日本-现代 Ⅳ.①I313.65

中国版本图书馆 CIP 数据核字(2016)第 153165 号

出 品 人　黄育海
责任编辑　卜艳冰　潘丽萍
封面设计　汪佳诗

出版发行　人民文学出版社
社　　址　北京市朝内大街 166 号
邮政编码　100705
网　　址　http://www.rw-cn.com
印　　刷　山东临沂新华印刷物流集团
经　　销　全国新华书店等
字　　数　120 千字
开　　本　890 毫米×1240 毫米　1/32
印　　张　6.125　插页　5
版　　次　2016 年 11 月北京第 1 版
印　　次　2016 年 11 月第 1 次印刷
书　　号　978-7-02-011825-0
定　　价　35.00 元

如有印装质量问题,请与本社图书销售中心调换。电话:01065233595

目 录

1　发现极北爱斯基摩人
5　第一章　极北的爱斯基摩部落
8　第二章　初食生肉
19　第三章　令人惊讶的室内马桶

23　肖拉帕卢克的人们
25　第四章　我家的客人
34　第五章　爱斯基摩人怕吃热食——他们的饮食
　　　　　　生活
42　第六章　每月一次的盛大酒宴

53　和爱斯基摩人共度狩猎生活
55　第七章　吃尽狗拉雪橇鞭子的苦头
57　第八章　成为伊努特索的养子
61　第九章　开始准备过冬
65　第十章　猎海豹
70　第十一章　拥有狗拉雪橇

79　**我的雪橇训练计划**

　　81　第十二章　初到卡纳克

　　95　第十三章　雪橇训练第一期计划结束

　　101　第十四章　严冬钓鲆鱼

　　108　第十五章　加拿大国境的狩猎生活

111　**雪橇独行三千公里**

　　115　第十六章　从肖拉帕卢克到图勒

　　130　第十七章　从图勒到沙维希威克

　　143　第十八章　从沙维希威克到乌帕那维克

　　166　第十九章　归途的粮食危机

177　**再见,肖拉帕卢克**

　　179　第二十章　滑雪横越肖拉帕卢克—卡纳克之间

185　**后记**

186　**附录　植村直己年谱**

发现极北爱斯基摩人

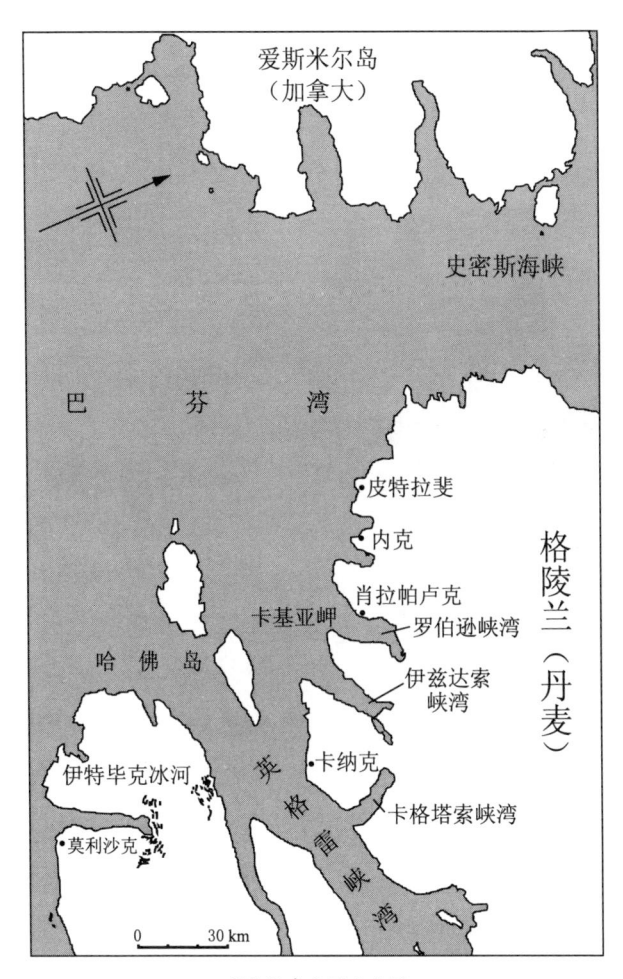

肖拉帕卢克周边地图

肖拉帕卢克的孩子们和为存放肉类而造的高台

第一章
极北的爱斯基摩部落

一九七二年九月十一日,我搭乘的五米长烧球式柴油引擎小船,引擎声闷闷地从大西洋驶过通往北极海的史密斯海峡(Smith Sound),航向肖拉帕卢克(Siorapaluk)。格陵兰内陆流出的冰河猛烈下坠形成的峡湾①水色黑沉,雪白的冰山点点浮在其上。极寒之海。掉下去大概不要一分钟就会一命呜呼。我们的生命寄托在伊米那老人的操舵技术上。老人稳稳坐在船尾,一边用脚操舵,一边张着缺个门牙的大嘴,指着差点撞上船身、正慢慢远退的冰块给我看。

望着微波不兴的蓝黑色海上一个接一个出现的冰山,原先那份不安不知不觉消失了。耸立在海面上的冰山有如山峰、长桌,各式各样。山形的冰山顶有些壮观如圣母峰,有的则像一根垂直的冰针,冰壁陡峭,直落海下,引不起征服过世界各地高山的我的兴趣。但我还是习惯性地想,如果那是真的山,该

---

① 峡湾(fiord),海水涌进冰河侵蚀形成的U字形河谷而造成的细长型峡湾,水深通常比锯齿状的河口(ria)深。

选什么样的攀爬路线？右壁花费的时间较少，但绕个大弯攀登左壁或许安全些。那个突出的悬崖如果不打进螺旋冰锥，恐怕支撑不了我六十公斤的体重吧！

我边想边用目光攀登冰壁，时间倏乎即逝，离开图勒（Thule）已经四个小时了。

时间是下午七点半，太阳大幅倾向西边的天空，不时没入冰山之间不见踪影。现在气温几度？我穿着羽绒服，还是冷得发抖。手塞在口袋里仍然冻得僵硬。我和同船的爱斯基摩小孩玩假装落海的游戏。如果不这样动动身体，就受不了这份寒冻。

阳光从侧面照过来时气温更低。太阳已沉到水平线以下，冰山被夕阳染红。孩子们的脸，还有视线一和我相对就咧嘴而笑的伊米那的牙齿也被夕阳染红了。

这艘烧球式柴油引擎小船的速度和我们快步走时一样，时速最多十公里。船头冲破的浪和倒映海面的冰山影子层层叠叠地消失而去。

我紧裹着羽绒服不断摩擦身体时，伊米那笑着大声说："伊康那特……"

我完全不懂他在说什么。他是在跟我说话吗？虽然不明白，我还是回他一笑。他又吼着："伊康那特，日本人！"

果然是在跟我说话。前面那句我听不懂，但后面那句是"日本人"没错。大概是提醒我别掉落冰冷的海里吧！我倚近船中央的桅杆，再向他笑笑。他于是停下踩舵的脚，靠到我身边。他缩着脖子、放低身体，做出发抖的样子后，又说一次"伊康那特"。原来"伊康那特"是"冷"的意思。我用力点头，照说一遍，夸张地做出很冷的样子，他便露出满意的笑容回到船尾。

右手边望见格陵兰黑沉沉的土地。沿岸的山脉戴着冰帽，山势急陡地切落海面，岩壁不长半点植物，只是黑黝黝的身影盘踞在那里。出发已经六个小时了，岩石嶙峋的海岸不见任何人影。这里别说是人，连动物也没有。白天，飞舞在头上的海鸥此刻也不见了踪影。突然，眼前的冰山景观为之一变。冰帽还染着夕阳余晖的山下台地，火柴盒般房舍点点散落的村落跃入眼帘。房屋前蠕动的人影看起来像蚂蚁。那是世界最北的爱斯基摩人的部落：肖拉帕卢克。这个我将生活一年的极北部落里会有什么样的事情等着我？我抱着期待与不安交织的复杂心情，凝视那渐渐变大的肖拉帕卢克村。

第二章
初食生肉

隶属于丹麦的格陵兰是大西洋和北极海之间全世界最大的岛,面积是日本的六倍。岛上的气温即使在夏天也只有零下十度,整座岛几乎是属于北极圈的极寒之地。我来到岛北的爱斯基摩部落,是为了确定将来横越南极大陆的计划的可行性。

从一九七〇年八月单独登上阿拉斯加的麦金利山(Mt. McKinley,6191米)那天开始,我便开始酝酿实现单独驾驶狗拉雪橇横越南极大陆的梦想。在那之前,我的目标是单独攀登五大陆的最高峰。除了一九七〇年五月圣母峰(8848米)登顶不是单独行动外,我陆续登上非洲的乞力马扎罗山(Mt. Kilimanjaro,5895米)、欧洲的勃朗峰(Mont Blanc,4807米)、南美洲的阿空加瓜山(Mt.Aconcagua,6960米)等峰顶,而麦金利山的登顶成功,等于完成所有的目标。之后,我便着了横越南极的魔。我徒步纵走日本列岛三千公里,也是为了实际用脚测量三千公里的距离感。我也前往南极侦察。现在,我只要具备必需的技术和适应极地特殊的严寒气候的能力,这个梦想中的计划并非不可能。

我计划到格陵兰最北的爱斯基摩部落肖拉帕卢克生活，想在这里适应极地气候和学会驾驶狗拉雪橇的技术。

有人认为，要练习驾驶狗拉雪橇，也可以在冬天的北海道利用卡拉夫特犬进行。但是在北海道，狗拉雪橇并不是生活必需的交通工具。即使卡拉夫特犬具备雪橇犬的能力，但这种已习惯主人摸头、被当作宠物饲养的狗，在紧急时期派不上用场。如果不是从小就饿得眼睛充血、经得起鞭打棒揍的爱斯基摩犬，根本别指望它会乖乖听命地拉雪橇。而且我认为，进入极地的爱斯基摩部落和他们一起生活，是最好的学习方法。

最后残存的爱斯基摩部落

极地的爱斯基摩人分布在北极海沿岸的西伯利亚、阿拉斯加、加拿大、格陵兰等地。有的因为主食是驯鹿而称为驯鹿人，有的因为居住的地名而称为柯帕人、马肯吉人等。我从中寻找适当的地点做我的训练基地。

西伯利亚是苏联领地，资料不易获得，也很难找到还使用狗拉雪橇的爱斯基摩人。就算找到了，是否获准在那里生活也是个问题。至于阿拉斯加和加拿大，那里的爱斯基摩人已经文明化。阿拉斯加首府安克雷奇（Anchorage）周围的爱斯基摩人有不少生活水准比日本人还高。白令海峡边缘的爱斯基摩人虽然还有狗拉雪橇，但那都是赚取观光客小费的道具，不可能达成我的训练目的。而我们常在照片中看到的加拿大爱斯基摩人的"igloo"(雪屋），早已不供人类住宿，只是用来拍照而已。

正当我找得不耐烦，想要放弃这个计划时，偶然获知，格陵兰最北端还住着大约六百个纯粹的爱斯基摩人，他们和某种程度文明化的南部格陵兰人不同，还着冬天驾着狗拉雪橇猎杀海豹、海象的狩猎生活。他们住在图勒地区，是极北爱斯基摩人（Polar Eskimo）。图勒地区比日本在南极设置的昭和基地还更接近极点。不只是狗拉雪橇训练，在适应极地气候的意义上，没有比这里更恰当的地方了。我决定以图勒地区的肖拉帕卢克作为生活之地，因为那是距离北极点一千三百公里的世界最北的爱斯基摩人部落。

我自己是想得很美，但是他们孤立的社会愿意接纳异国人的我吗？因找到理想地而高兴的同时，一股不安也隐隐升起。

初进肖拉帕卢克

一个星期前的九月四日，我首度踏入肖拉帕卢克村。我希望在进入实际生活以前，亲眼看看这个部落，找到一个暂时让我栖身的人家。

那趟侦察，乘坐的是丹麦政府每年夏天冰融时期开往图勒地区一次的物资补给船。这艘船送去图勒地区爱斯基摩人部落所需的生活补给物资，回航时带走爱斯基摩人捕获的海豹皮、北极狐毛皮等。我一心想去肖拉帕卢克，但是语言、风俗习惯完全不同的他们，会接受毫无渊源的我吗？我的不安加深了，甚至心想，万一被拒，我干脆在部落附近挖个洞独自生活算了。但如果连这个也被拒绝的话——届时，我的南极计划将大幅修正。

肖拉帕卢克村就在岩山起伏和缓的海岸上。岩石散见的平地上坐落着二十间火柴盒似的平房。船开始卸货。起重机先把货卸在空汽油桶绑在一起做成的浮船上，爱斯基摩人再用绳子把船拖到岸边。我随货下到浮船上。岸边聚集了四五十个爱斯基摩人，他们拉着绳子兴奋地吆喝。浮船逐渐靠岸，孩子们欢欣鼓舞，在岸边绕来窜去。煤、石油、食物、衣料，还有狩猎工具……都是他们盼望了整整一年的补给物资。

可是我和他们的兴奋正好相反，心里充塞着按捺不住的不安。我仅有的希望系于那些几乎和日本人无异的脸上。

欢呼声更响亮，载着货而加深吃水的浮船停在岸边。爱斯基摩人在浮船和岸边之间架上两条跳板，一起挤上浮船。从拖着两条清鼻涕的三四岁小孩，到穿着又黑又脏、恐怕已有几十年历史的北极熊毛皮裤的挂杖老人，全都站在货包上面大声欢呼。他们只瞥一眼穿着登山靴、羽绒服的我，没有什么反应。浮船上挤满了爱斯基摩人，他们完全无视我的存在，我继续站在上面也无意义，于是下船上岸。

身体已习惯摇晃不定的浮船，站在肖拉帕卢克的坚硬土地上，有种异样的感觉。漆成红褐色的火柴盒房子前，狗缩着身子在睡觉，看起来像死了一般。挂在木框架上的黑色块状物是海豹肉还是海象肉？我没有特别准备食物。为了完全融入爱斯基摩人的生活，我不能独自吃不同的食物。但是，我真的吃得下这像浇上了机油的黑乌乌的生肉吗？黑油滴落的地面有一坨像人粪的东西。我曾经打算，如果找不到愿意接纳我的人家，就在地面挖个洞自己生活。但我很快就知道这想法太过天真。我在岸边闲晃，寻找适当的地方，随脚一踢，地面的石头居然纹风不动。地面冻得相当坚硬，铲子之类的工具可能丝毫不起作用。这下，势必要找一户人家借住不可。

头一次和爱斯基摩人一起工作

众人开始搬货。货包一袋一袋从爱斯基摩人的背上卸到地上，岸边渐渐堆起一座货物小山。和爱斯基摩人素昧平生的我，不能错过这个机会。借着搬货，或许能逮到某个机会。我走过狭窄的跳板，踏上浮船。

爱斯基摩人比中国人更像日本人。他们长得很矮，约一米六左右，圆脸、黑发、黄皮肤，说他们是日本人也不会令人觉得奇怪。但是搬货这事，他们显得很吃力。年轻人不过扛着三十公斤的货，却走得踉踉跄跄。我后来才知道，他们根本没有扛着重货行走的习惯。他们在极寒之地过着狩猎生活，视觉、听觉和嗅觉极其发达，并不特别需要扛着重物行走的能力。而我，正好是习惯在高山上扛货行走的人。三十公斤的货物对我来说轻而易举。我一个人扛着两个爱斯基摩人要搬的货，轻松走过三十厘米宽的跳板。

这似乎激起了年轻人的竞争心。他们咬着牙走过跳板，一上岸就把肩上的煤袋往下一扔，整个人翻转在地。我哈哈大笑，他们也摸着头傻笑。这失败时摸头傻笑的动作也和日本人一样。两个穿着长靴的女人用一根木棒挑着一捆货包。我也加入挑货行列，和一个满脸皱纹的老婆婆搭档挑货。我尽可能让货包靠向我这边，以减轻她的负担。

第一趟货卸完后，浮船回到补给船边，爱斯基摩人好奇的眼光投向我。我和他们搭讪，当然是比手画脚。但他们只是笑嘻嘻的，没有反应。小孩子靠近我一步又后退一步，伸出手又立刻缩回手。我以为帮忙搬货就会得到他们的接纳，想来似乎有点天真。面对没有我预期反应的爱斯基摩人，我有点焦虑。再搬几趟货后，这艘船就要离开肖拉帕卢克了。我必须在这几个小时内找到肯和我一起生活的爱斯基摩人。

这时，我想起两年前去乌洛斯族部落的情景。

乌洛斯族属于印第安人，生活在横跨南美洲玻利维亚和智利之间的的的喀喀湖（Lake Titicaca）浮岛上。他们在这高三千八百米的湖上，以浮岛的芦苇搭建简陋住屋，捕食湖鱼维生。大人对观光客投以冷漠的视线，小孩面对着照相机，左手遮脸、右手伸出，喊着："钱、钱。"我虽然也带着照相机，却无意按下快门。

文明人究竟是什么？整天被时间追赶，呼吸夹杂着噪音和灰尘的空气，挤进观光巴士到同一个地方，对着同样的风景按下照相机快门。或许这是文明人借着捕捉原始生活民族的影像来化解身不由己的无奈的补偿作用吧！然而在我眼中，乌洛斯族这种自由的生活方式太棒了。就算只有几天也好，我想融入他们的生活。因此，我不能以观光客的态度面对他们。黄昏时，我告别其他白人观光客，雇了乌洛斯的船夫，单身进入他们的部落。我也有心理准备，搞不好可能露天野宿，因此没忘记在湖畔的小店买了一条羊驼毛毯。

太阳已经沉落，高三千八百米的的的喀喀湖像铺上薄冰般寒冻。印第安人用狐疑冷淡的眼光迎接我。隔着七八米的距离，眼光充满了嫌恶。我一步一步地走着，浮岛上令人不舒服的声音起起落落。这里只有乌洛斯人。要是趁黑被人丢进湖里，那就玩完了。于是我很认真地告诉他们："我绝对不是奇怪的人，也不是来拍照片的，只是想和你们做朋友，所以一个人来。"

我怀疑这意思能传达多少出去？尽管我说得认真，大人们还是径自回家，我身边只剩下一堆小孩。小孩总是比大人多些好奇心。我心想，得好好利用这些小孩。

我先收集枯萎的芦苇叶编成绳子。小孩眼睛发亮，凝视我的手。包围我的小孩圈子渐渐缩小。我甩着约有两米长的绳子开始跳绳。地面软塌塌的不好跳，但是小孩子看得入神。这也不无道理。对他们来说，穿着干净整齐的衣服、胸前挂着照相机、会丢钱给他们的外国人，黄昏时一个人来到部落，玩他们从没看到过的跳绳，的确稀奇。当我的脚勾到绳子摔倒时，甚至引发他们的笑声。我心想，再加把劲就成了。我一边窥探屋子里大人的反应，一边让两个小孩拿着绳子，教他们用力甩，我再跳进绳圈里面。

一个小孩学我的动作跳进绳圈里，其他小孩也跟着跳。他们已经忘记我是外国人，玩得出神。受到孩子欢呼声的吸引，大人纷纷现身，笑眯眯地看着专注于这奇怪游戏的我们。原先尖锐冷漠的视线已经不见了。

此刻，被围在肖拉帕卢克爱斯基摩人中间的我，想起了和乌洛斯族交往的经验。比起乌洛斯人，这里的爱斯基摩人更亲切。他们没有乌洛斯人一开始带刺冰冷的视线，大人小孩都是笑呵呵的。我开始做起体操。

"来！打起精神，尽情伸展四肢吧！一、二、三、四，二、二、三、四……"

他们当然不懂日语，但本来表情愣愣地看着我的爱斯基摩人渐渐出现反应。我斜眼观察，仍然是小孩，悄悄地在我背后学着做，不久就跑到我前面问："这样对不对？"我接着教他们固定双脚互相推扯的臂力游戏。当孩子们的温暖触感传到我手里时，我确信自己已经获得他们的接纳。

生肉的考验

最先招呼我的是住在隔壁村的卡辛加，他的父兄都住在肖拉帕卢克。他带我去他哥哥家。他一招手，我就乖乖跟着他。我很高兴，心想，就算找不到愿意暂时收留我的人家，他们也不会拒绝我在这村里生活吧！放眼望去，到处是半倒塌的无人居住的小屋。看来不需要辛苦挖掘冻土，过着原始人的穴居生活了。我非常满足。

卡辛加带我去他哥哥柯提阳加的家里。村人都跟在后面。登上架高在地面的四阶楼梯，进到屋里，眼前一片漆黑。大概是在冰山光亮耀眼的户外停留太久的缘故，眼睛暂时不习惯屋内的黑暗。但是一进门看到的模糊的块状东西渐渐清晰时，我吓了一大跳。

那是从天花板垂挂下来的还沾着黑色血迹的肉块。令人作呕的血腥臭味冲鼻。约五坪的大屋子里铺着地板，最里面摆着床，像是驯鹿皮的毛皮散落各处。窗边的桌子上沾着血迹似的斑点，看起来颇恐怖。地板上的桶子里装着鸟的脚，森白的骨头特别醒目。天花板吊着的肉块滴落着不知是血还是油的东西。爱斯基摩人不把血当一回事吗？我很难把待人和善、总是笑眯眯的爱斯基摩人和血连在一起。

我想起彼德·福尔根写的《爱斯基摩之书》。书中写到爱斯基摩人在饥荒时会吃人肉。我在肖拉帕卢克生活一段时间后，知道这是事实。因为一个小孩拍着大腿告诉我："爷爷说人的肉这边最好吃。"不过两个世代以前，这地方还有吃人肉的风俗。我望着孩子天真的脸，再次感觉自己距离日本是何其遥远啊！

"日本人，吃肉吗？"

卡辛加的声音唤回我的意识。他从口袋里掏出小刀，在小磨刀石上摩擦后，割下一块黑肉丢进嘴里。爱斯基摩人无论老少都很会用刀。我接过卡辛加的小刀，有点犹豫。生肉我是可以忍耐，但不知道是什么肉，就觉得有点恐怖了。是海豹肉？还是海象肉？搞不好是狗肉。我看着眼前乌亮滴油的肉块，胃口闷闷的毫无食欲。卡辛加不住地说"马马特，马马特"（好吃，好吃），还咭掐咭掐咀嚼嘴里的肉块。跟着我来的孩子们也同样手染着血，津津有味地吃着。卡辛加劝我"吃啊，吃啊"，我为难极了。他带我来这里，是对困在海岸的我表示善意。我如果不接受他的善意，就没有资格在肖拉帕卢克生活。看来我是无论如何都得吃这肉了。

我尽量选择没沾血的部分割下一小块。肉块的触感像是滑溜溜的鳗鱼。爱斯基摩人都笑嘻嘻地看着我，我如果不吃，他们一定很失望。不仅如此，恐怕还会拒绝我在这里生活。这是我有生以来头一次这么严肃地面对食物。我战战兢兢地把肉片送到嘴边，不沾唇地用门牙咬着，然后再用刀子切下一小片放进嘴里。腥臭冲鼻。舌头一接触生肉，我的胃就立刻产生排斥作用。肉片还在嘴里，胃已经开始痉挛，胃液倒流。我勉力吞下去。我知道，他们期待我嘴里吐出的不是肉片，而是一句"马马特"。我努力装出非常好吃的表情，但不知道像不像。

肉片腥得像活泥鳅，我根本没有咀嚼的余裕。我索性整个吞下去，霎时，肉片又从胃里呕回喉头。我又吞下去，又呕出来……这样反复几次后，好不容易把生肉压回胃里。他们问我："马马特？"我紧咬牙根，按着胃点点头，他们又说"再吃点，再吃一点"，又割下肉片递给我，这回是一块沾满黑油的肉片。

我好想哭。眼眶已渗出泪水。刚才那片肉在胃和喉咙间来来去去，好不容易才压到胃里，我知道我再也无法多吞一块肉，即使吞进去也肯定会呕出来。那时，我惊慌的视线落在倒挂在墙上的海豹皮靴。我指着皮靴转移他们的注意力，迅速把肉吐出来藏在口袋里。

这极其艰难的生肉考验，爱斯基摩人给了我及格的分数。他们露出满意的笑容，感觉和我之间已无任何隔阂。于是我比手画脚地表示，想在这里和大家一同生活一年，学习驾驶狗拉雪橇的技术，希望有家庭愿意收留我……我浑身大汗。我说的话他们能理解多少呢？但是我话一说完，一名老人也比手画脚地说："我是一个人住，方便的话就住我那里吧！"

我高兴地跳起来，完全忘掉正为生肉难过的胃，牵着老人的手反复说"谢谢"。然后坐上补给船，去拿放在邻村的行李。老人的名字叫伊嘎帕。要是忘记他的名字就糟了。我称他为"伊嘎古利爷爷"，把它深深刻进脑中以免忘记。

第三章
令人惊讶的室内马桶

"呀咿，日本人！"

伊嘎古利爷爷满是皱纹的脸堆满笑容，迎接坐在伊米那小船内的我。

"谢谢你，伊嘎帕。"

我们紧紧握手。伊米那的船把我的行李卸到岸边，又回到夕阳西沉的海里。终于要开始我在这爱斯基摩部落一年的生活了。我目送渐渐远去的小船，兴奋得颤抖。

伊嘎帕的房子距离村落中心约一百米，孤零零的一间。这五坪的大平房是用木板拼凑成的，屋顶歪七扭八地钉着补给品空箱拆下来的板子，窗户贴着半透明的塑料布。屋后就是陡峭的山崖，崖顶的白色冰帽亮晶晶地映着夕阳余晖。

走进房子旁像隧道的入口，眼前一片漆黑，若不扶着伊嘎帕的背，根本无法前行一步。一种无以形容的恶臭扑鼻而来。我摸到一个软绵绵的东西，不觉惊叫。定睛一看，是准备要吃的海鸥。对头一次进入爱斯基摩人漆黑住家的人来说，这简直是在测试胆量。

炉子旁边一样挂着生肉。门边有一个小桶子,发出刺鼻的异臭。屋里烧着石油炉,穿着羽绒服感觉很热。伊嘎帕把并排的两张床之一让给我睡。

整理完行李,他又开始劝我吃肉。爱斯基摩人没有固定的吃饭时间。肚子饿了就吃。伊嘎帕拿出刀刃长约四十厘米的菜刀剁下一块吊在天花板上的生肉。血滴落在地上,很快就晕开一大片。

"Naomi①,这是最好吃的肉,吃吧!你在卡辛加那里吃的是鲸肉,这个是海豹肉,好吃。"

在抵达肖拉帕卢克前的八个小时里,我什么也没吃,是肚子饿的缘故吗?之前在胃和喉咙之间来来去去的生肉,现在已毫无抗拒地躺在肚子里。我佩服自己身体的适应力。爱斯基摩人也用石油炉,为什么只吃生肉呢?煮过或烤过的肉不是更美味吗?他们的味觉和我们的完全不同吗?

我好累。在肖拉帕卢克的第一天相当紧张。我想早点上床。到屋外小便回来时,伊嘎帕已经准备就寝。

紧接着,伊嘎帕对准门边的桶子撒尿,我大吃一惊。桶子发出嘈杂的回声。原来那桶子是装粪尿的马桶。我刚进屋时闻到的刺鼻臭味不是来自生肉,而是来自这马桶。

听着伊嘎帕撒尿的叮叮咚咚的声音,我突然好奇起来,不知爱斯基摩男人的阴茎是什么形状?是长是短?龟头是尖是

---

① 作者名"直己"的日语发音。

弯？我横眼偷看，但完全看不到。我觉得自己有这个想法有点不正常。是不是与风俗习惯等一切的一切都和我们不同的爱斯基摩人接触后，无意识中也会想到他们的男性象征？我想，以后应该有看到的机会。茫然想着这些杂事，不知不觉就睡着了。

肖拉帕卢克的人们

第四章
我家的客人

在伊嘎帕家借住三天后，我在柯提阳加和伊米那家之间发现了一栋废屋，便搬进去住。伊嘎帕非常亲切，听他比手画脚地叙述年轻时候的风流韵事固然愉快，但是他的房间光线太暗，我无法做记录，也没法写日记。在伊嘎帕看来，他又不需要看书，房间阴暗反而让血油斑斑的地板不那么明显，或许较好。

伊嘎帕年近六十，迷恋有丈夫的库雅琶，生活悠闲。他是单身汉，一人饱全家饱，没有烦恼，可是我就不行了。

我来这里不是为了享受爱斯基摩人的生活，而是为摸索横越南极计划的可能性。我必须独自凿冰、汲水、耐寒、狩猎，并学会驾驶狗拉雪橇的技术。这是我来这里的目的。和悠闲的伊嘎帕一起生活轻松愉快，但不符合我的目的。我决心搬出伊嘎帕家，除了光线太暗以外，还有这些因素。

我看中的是一间三米见方的半倒废屋。当然没有天花板，但是只要稍微整修一下，仍然可以住人。我曾经想过特殊时期挖洞居住也可以，与那种境况比起来，这半倒塌的小屋已经算是天堂了。

陋室虽小，也有可爱的客人

我没带取暖的炉子和石油炉。在这寒冬一二月零下四十度的极寒之地，这种房子好像不够保暖。然而我是为训练而来的，轻松舒适的生活会让我一无所得。在此意义下，我很满意这间破烂小屋。

天花板和窗户都透空，光线比伊嘎帕家明亮许多。但是住进去的第一夜，穿着羽绒服钻进睡袋里，还是冷得直打哆嗦。照这样子下去，恐怕还没开始训练我就已经冻死了。第二天，我立刻修补破屋。我来这里不到几天，不敢奢望爱斯基摩人帮忙，不过，小孩子都很热情地来帮忙，让我很高兴。"日本人，用这个！"他们帮我找来装运补给品的空箱子，我毫不费事就凑齐钉天花板需要的材料，还用泥巴或是泥巴和海豹油混合的涂料填补木板缝隙。窗户也盖上两三层从日本带来的塑料布。屋内取暖用的是登山用的石油炉,即使如此,屋子里还是很冷,我和他们稍为熟悉后,便一起玩相扑游戏暖和身体。

向小孩学会话

"Naomi, Naomi。"

昨晚和爱斯基摩人闹到半夜两点多,一大早就有人在床头呼唤我的名字。来这里以前,我去格陵兰东海岸的安马沙利克(Ammassalik/Tasiilaq)侦察时,遭到村中女孩夜袭,为难不已,心想又来了不成?幸好,是柯提阳加五岁的孙子塔贝。

这里的大人小孩都没有敲门的习惯,总直接闯入房间,没有人我之家的分别。我还想再睡,塔贝的好奇心却不停骚扰我,我根本睡不着。他翻出我的登山靴问"呼那乌那"(这是什么),还穿上我的登山羽绒服直嚷"欧抠特、欧抠特"(好暖和)……

我到这里还不久,如果忍不住怒吼道"吵死了,滚一边去"而惹恼了他,后果可能不堪收拾。正当我躺在床上适度敷衍塔贝时,门又被轻轻推开,又有新的客人进来了。

是柯提阳加十一岁的小女儿妮希娜,和在政府贸易商会上班的卡库洽的十二岁女儿英加。我和她们视线相对,她们只是微微一笑,沉默不语。我回以笑脸,她们害羞地挪开视线,互相望望,然后坐下来,慢慢环视屋内。肖拉帕卢克的小孩子都是这样。刚开始时像猫一样温驯,熟悉以后,就径自翻出我的登山靴、书本、登山装备等，直问"呼那乌那、呼那乌那"，烦人不已。英加和妮希娜看到我行李中有一张图勒地区的狗拉雪橇照片时，兴奋地指着照片大声说："是沙奇乌斯爷爷！"话匣子一打开便没完没了，和刚才害羞的她们完全判若两人，好像不说话就不舒服。

我干脆利用这些孩子来学爱斯基摩话。

英加指着自己说"阿彦基拉"（我是好人），指着妮希娜说"阿优波"（坏人）。然后装出身体发抖的样子说"伊康那特"（冷），做出烤火的动作说"欧抠特"（温暖），指着石油炉说"扣塔"……我拿出记事本，兴奋地记着。"阿固乌"（男人）、"安纳"（女人）、"努咖皮阿嘎"（小孩）、"阿搭达"（父亲）、"阿娜娜"（母亲）……

我专心记录，像中学时上英文课一样，从"尼亚扣"（头）按顺序记下眼睛、耳朵、鼻子、胸腔、腹部到腰，这时，英加突然把手伸进妮希娜的大腿间笑着说"欧邱、欧邱"。妮希娜也不以为忤，指着我的胯下嚷着"欧休、欧休"。我换铅笔记录时英加的手迅速伸进我的胯下，喊着"哇！阿给休，阿给休"（大）后，两个人在房间里自顾自地追逐起来。

我就这样以小孩为对象，一点一点学习爱斯基摩话。

但是每天早上也不免要受到小孩的骚扰。有一天我特别计算了一下，从五岁的塔贝到六十四岁的阿厚塔，总共有四十个人来过我房间（其中小孩十八人）。有几个还来了四趟以上，要算人次的话，数目恐怕更多。

通常在下午六点以前，我的房间里都是小孩。年纪越小的来得越早，塔贝多半八点以前就来。傍晚六点以后，我的屋子又成了大人的游乐场，三米见方的房间里，虽然没有暖炉，但是过多的访客气息让人觉得很热。

爱斯基摩人的性爱观

年轻人在我这里，话题八成是性爱，七嘴八舌地互问："你和谁谁在哪里做过吧！"甚至拿我取乐。

小孩也一样。因为长辈并不特别隐藏性事，常有小孩跑来找我。"Naomi，Naomi，谁和谁正在做，去看吧！"

我不曾见过像爱斯基摩人这样生活自由的人。困了就睡，醒了就起来。没有食物了就去打猎。食物青黄不接时，就去叨扰邻家。他们的性爱也一样。有一天，我到某人家里，探头进屋时看到他们夫妻俩正躺在一张床上，我赶紧缩回脚步，但第二天再去时，换了另外一个男人在床上。文献上记载爱斯基摩人有借妻的风俗，的确，不论已婚未婚，他们对性爱的态度都非常开放，至少和控制我们日本人的性意识完全不同。因此女儿晚上独自外出，天亮才回来，父母也不干涉。大概是这个缘故，这里的私生子特别多。柯提阳加的女儿今年二十四岁，有两个私生子，塔贝是其中之一。安娜（二十一岁）、纳巴拉娜（三十五岁）都有私生子，而且都让父母养，自己仍然去招惹年轻人。

我刚来时，安娜好像想勾引我。她用四根指头做出一个形状，指着自己说"马马特，马马特"。"马马特"有"好吃"的意思。因为当时不是吃饭时间，我觉得莫名其妙，后来才知道那个形状就像日本人把拇指伸进食指和中指之间表示女人的性器官一般，是爱斯基摩人表示女人性器官的形状。安娜当时是对我说"我那个地方很好哦"。爱斯基摩人用表现食物的方式来表现那方面。我独居以后，便成了安娜最佳的进攻目标。我很快就知道她是为了性爱到我这里来。起先她是等小孩和其他年轻人都走了以后，趁深夜悄悄进来。要不就是以一男二女的形式进来。已有一对现成的搭档后，硬把多余的一个女人塞给我。可是我不想在这里招惹男女关系的纠纷。我无法忍受这种事情将成为我今后一年的生活重心。那时我总是指着自己的胯间说："医生吩咐我不能使用欧休。"他们倒也干脆地接受了这个借口。

"不喝咖啡吗？"

"医生不准。"

"哦，好遗憾。"

我三十二岁，英年正盛。身体也需要女人。眼看着爱斯基摩人自由的性爱欢娱，拒绝他们的诱惑实在不好受。那比攀登圣母峰，或是乘竹筏沿亚马逊河而下还要难受。

洗澡骚动

我的家变成全村人气最旺的地方。我虽然高兴，但也有些困扰。我几乎没有个人的时间可洗涤衣物和洗澡。

来肖拉帕卢克时,我的旅行背包里塞满了全新的内衣裤。即使暂时不能洗衣服,还有干净的内衣裤换穿。但一个月下来,新的内衣裤都已穿完。这里没有淡水。要用水时,需要切下岸边的冰块使其溶化,这需要很久的时间。年轻姑娘们说愿意帮我洗衣服,想到以后的麻烦,我不敢接受。我勉强拒绝过好几次她们的诱惑,如果在这方面留下把柄,不知道以后是否还有能耐拒绝她们。

没办法,只好把穿过的脏内衣裤翻出来重新换着穿。这样的恶性循环下,内衣裤满是污垢,身体也黏腻腻的。墙上挂着肥皂、刮胡刀、牙刷等盥洗用具,因为没有水,就一直挂在那里沾灰尘。弄淡水是女人的工作,因此单身汉全都浑身污垢。

我好像也长了虱子或跳蚤,在睡袋里浑身发痒,睡得不舒服。我参加日本山岳协会圣母峰登山队时,曾在高度四千米的夏尔巴人①家中生活。每天下午,总是裸着上身抓内衣裤上面的虱子。每个礼拜一次,也让夏尔巴人的太太帮我们抓头虱。当时虽然是冬季,气温也在零下十五度,但无风的白昼直接照着阳光,即使裸着上身也很暖和。

但在距离北极点一千三百公里的肖拉帕卢克村,皮肤直接接触外面的空气即使只有一分钟都很危险。虱子的攻势越来

---

① 夏尔巴人,居住在尼泊尔和中国西藏边界喜马拉雅山南坡的一个部族,常为圣母峰探险队做向导及搬运物资。

肖拉帕卢克的人们

越凶。

我把东京羽绒产业试做的极地用睡袋垫了两层，试着裸身躺在上面，但这又成了小孩子的玩乐标的，只好放弃。他们总是无时无刻盯着我的行动。我对爱斯基摩人的风俗习惯也有兴趣，因此他们如何看我，我也没得抱怨。

这种浑身污垢的生活终于让我忍无可忍。九月的某一天，和村里的四个男人一起去猎海象，全身沾满血污。羽绒服、裤子、衬衫都沾到海象的血和脂肪，好像渗进身体里面，我终于决定洗个澡。

我先点燃两个石油炉，把咖啡壶和锅子煮满热水。幸好没看到小孩子的踪影。我把门关紧，塑料布的窗子也盖上大布巾后全身脱光。这是我身体的皮肤久隔一个月后首次跟空气接触。感觉好爽快。我把泡过热水的毛巾拧干，擦拭身体，温暖的感触传到皮肤，霎时变冷。感觉像贴上沙隆巴斯，累积了一个月的疲劳一股脑儿解除。

但是这份秘密的快乐持续不到五分钟，小孩子就赶来了。窗户突然盖上大布巾，反而引起他们的好奇。不得了，窗户一下子被戳破，好几张小脸挤成一堆。

"Naomi, Naomi……欧休，阿给休。"（Naomi 有好大的鸡鸡。）

"欧休，欧休。"

"阿给休。"

孩子们指着我大声嚷嚷。

"哎呀，人家光着身子的时候不可以偷看！"

我怒斥他们，但没有效果。不但如此，四五个人还一起推撞我用登山背包顶住的门，门瞬间被撞开，一伙人滚了进来。

他们抚摸我的身体叽叽喳喳，我赶紧穿上放在一旁的羽绒裤。听到小孩子吵闹，附近的柯提阳加和伊米那也从窗户探头窥望，两人都笑嘻嘻的。

"伊米那，我一洗身体，孩子们就闯进来，帮我想想办法吧！"

我的表情大概真的很困扰吧！伊米那立刻冲进孩子群里教训他们。伊米那是村里最老的人。听说爱斯基摩的小孩最听老人的话。伊米那提高声音时，大家就"嗯"一声，老实得和刚才的调皮完全不同。英加和妮希娜一边听训，一边偷偷给我白眼。小孩子的表情非常可爱。说起来，我房间里的东西从天花板、床、炉子都是这些小孩帮我弄来的，他们也算是我的恩人。他们只是觉得我洗澡很奇怪，不是故意恶作剧。于是我拜托伊米那停止他没完没了的说教。

爱斯基摩人几乎没有洗澡、洗脸、刷牙的习惯，实在很脏的时候就用毛巾浸浸热水拧干后擦擦身体而已。因此大人几乎没裸露过肌肤，小孩看到我洗澡自然大惊小怪。我曾看到过有人用毛巾擦脸，所以他们并非完全不洗脸。

第五章
爱斯基摩人怕吃热食
——他们的饮食生活

"Naomi，Naomi，卡加洛阿，卡加洛阿……"

我在整理床板时，门前突然传来尖锐的喊声，好像是柯提阳加的太太蕾琵卡。

我被这不寻常的女人的喊声吓破了胆，紧接着又听到伊米那的太太安希菲雅的声音。

"卡加洛阿，卡加洛阿……"

是火灾？还是打架？我冲出屋子。蕾琵卡在距离我屋子五十米的地方边喊边向海上开枪。安希菲雅也发射着步枪。村里的小孩也都单手拿枪、睁圆双眼冲向海边，我以为是整个村子打群架。

爱斯基摩人是纯粹的狩猎民族，枪在生活中不可或缺，是极普通的随身用品。每一家都有四五把二战时使用的五连发步枪。今天男人都去猎海豹了，留在村里的不多，但是我听到的枪声不像只有两三把。"这还得了！"我惊慌失措，不知如何是好，这时蕾琵卡跑过来，指着海边大喊。

"Naomi，卡加洛阿，卡加洛阿。"

随着她的喊声，我转眼望向海边，不觉放声惊呼。鲸鱼！是鲸鱼！卡加洛阿是鲸鱼的意思。距离我的房子不到四十米的岸边有一大群六七米长的鲸鱼，喷着水的庞大身躯互相撞推。女人的喊叫是因为发现鲸群来袭。我立刻奔回屋里，拿出在哥本哈根枪店用四万日元买的猎北极熊用的步枪，口袋里塞进二十发子弹。我把枪身固定在门前的柱子上，瞄准鲸鱼扣扳机。这种经验是我生平第一回遭遇。

砰！

激烈的发射声的同时，右肩受到剧烈的撞击，耳朵好一阵子听不到任何声音。我没时间确认是否打中了瞄准的鲸鱼，就冲到岸边。

断崖环绕的肖拉帕卢克村里枪声回荡不绝，宛如战场。大人都去打猎了，只能靠女人、小孩和老人来猎获这些鲸鱼。每个人都全神贯注。就连沙奇乌斯爷爷的孙子、今年九岁的努卡皮安也拿着比他身子还高的枪，边射边冲向海边。实在难以想象他是那个总拖着两条鼻涕的努卡皮安。老人也拖着穿上一半的海豹皮靴跌跌撞撞地冲出来加入射击行列。我也忘了第一击的肩痛，瞄准五米前的鲸群拼命开枪。总共有二三十只吧！因为目标很大，远比瞄准那只有小小鼻头的海豹容易多了。

每年八月到九月，海边每星期都会看到两三次鲸鱼出没，但很少像这次如此靠近岸边。靠得这么近，就是女人、小孩也能多有斩获，难怪他们那么兴奋。

海面染满鲸鱼的血,努卡皮安突然放下枪,扛起他家门口的海皮艇(海豹皮做的小船),手拿海象牙做的长矛。我大吃一惊,就算是狩猎民族,再怎么说他也只是九岁的小孩。他这样闯进发怒的鲸群,万一掉下海怎么办?浮着冰山的海水冷得可以冻折手掌,掉下去不出一分钟就没命了。我紧张地注视努卡皮安。只见他靠近鲸鱼五米近时站在海皮艇上,右手将矛刺进正大幅度浮起的鲸鱼侧腹。

受到枪伤的鲸鱼被这一击,翻身潜入海中。系在长矛上的皮绳拉出约十米。绳子前端绑着海豹皮做的浮袋,以免让猎物逃走或沉没。

我十分佩服努卡皮安的胆识。可是老练的猎人好像不太满意。猎杀结束后,伊米那抓住努卡皮安,提醒他该注意的地方。伊米那比手画脚,非常严肃认真。努卡皮安频频点头,听得也很认真。不只是努卡皮安,一大堆小孩都围着伊米那。打猎对他们来说不是运动,而是生活问题,因为明天的粮食就靠这个技术。

对爱斯基摩人来说,教育只有打猎技术无他。三十二岁的卡利是村里一等一的打猎好手,他曾这么告诉我。

"上学根本没用,读书会把眼睛弄坏,让打猎技术差劲。"

的确,对狩猎民族而言,眼睛就是生命。因为必须在一望无际的海冰上搜寻海豹。在白色的冰上寻找海豹的黑色鼻子还好,要在黑漆漆的海上发现只露出鼻子的海豹,那就相当艰难了。眼睛的好坏对他们的粮食收获有决定性的影响。

快乐享用刚捕获的鲸鱼大餐

被发怒的鲸鱼拖着的浮浮沉沉的浮袋静止下来时,努卡皮安把浮袋上的细绳绑在海皮艇上拖到岸边。海皮艇的吃水线贴着海面,稍一用力划动,海水就流进艇中,好像要翻船一般,看得我心脏怦怦跳。岸边的蕾琵卡等不及海皮艇慢慢划过来,穿着长及大腿根部的海豹皮靴就跨进海里,接过努卡皮安的绳子。她靴子里应该没穿袜子,但她丝毫也不觉得冷,她把绳子一牵上岸,其他人一起帮着拖。我想起乡下运动会的拔河比赛。猎鲸活动从下午两点开始,不到一个小时就捕获了八头鲸鱼。

享受刚刚捕获的猎物大餐——这是爱斯基摩人生活中最快乐的时间之一。他们还是觉得鲜肉比有点脏又沾着"机油"的储藏生肉好吃吧!鲸鱼在他们的食物位阶中是最高级的食物。每个人都笑吟吟地掏出小刀,在橡皮擦大小的磨刀石上磨三四下,就开始享用鲸肉。二十多个爱斯基摩人趴在全长六七米、身体偶尔还会抽动的鲸鱼身上割肉而食的情景真是壮观。小孩们先扑向尾鳍,利落地割下一片塞进嘴里咀嚼。我也拿出小刀和磨刀石。在这里生活,这两样东西不可或缺。爱斯基摩人没有固定的吃饭时间。如果肚子饿了,捕获猎物时就是吃饭时间。口袋里随时带着代替筷子的小刀和磨刀石。

我也先取尾鳍。爱斯基摩人对我说"马马特、马马特",完全没有海豹和海象的腥臭,就像生干贝。灰色的鲸鱼皮嚼感滑脆好吃。仔细观察,爱斯基摩人是连着皮下脂肪一起吃的。他们吃海豹和海象肉时也会像我们把奶油涂在面包上一样，在肉上添些脂肪一起吃。我尝了一口脂肪，没有特别的味道。不过，脂肪的滑润触感为本来没有味道的鲸肉添了些风味。我们满手满嘴都沾着黏糊糊的血和脂肪，鲜血甚至从下巴滴落。染血的冰冷手掌贴在脸颊上取暖时，搞得满脸都是血，简直像食人族。

出去打猎的男人一回来，立刻就开始鲸鱼解体作业。他们准备三把刃长三十厘米的刀子。刀子切入鲸腹，鲜红的血水喷出，脚边成了一片血海。像脚踏车轮子般粗细的二三十米长的小肠、人头般大的心脏、红鳐鱼似的肝脏等一一掏出。小肠挤出里面的东西后用海水洗净，晾干后食用。心脏煮熟了吃。他们好像不吃肝脏，都丢给狗吃。带骨的鲸肉平均分给村人。

储藏生肉用的木框架上挂着鲸鱼肠的情景真是壮观。相对于先前那些半腐烂般的海豹和海象肉，表面滑溜溜的新鲜鲸肉像要从木框架上滑下来似的。柯提阳加今天还捕获两头海象，三米见方的木框架不够挂，只好把狗拉雪橇堆高，把鲸肉晾在上面。

爱斯基摩人怕吃热喝烫

我用的是最新式的步枪，但技术却是全村最差劲的一个。不管我是否打中目标，只要我一起参与打猎，都能平均分到生肉，因此粮食无缺。特殊时期也可以拿着小刀到别人家里吃，生活非常轻松。老吃生肉我终究觉得腻，有时候我会用石油炉烤海豹肉，或是煮熟后蘸酱油吃。酱油真是奇妙的调味料，任何食物蘸了它吃都像在吃日本料理。

这时候一定会有小孩一起享用。酱油也合他们的味觉，不停称赞"马马特，马马特"，瞬间就把一堆肉摆平。极地和温带虽然气候风土极端不同，但爱斯基摩人的味觉大概和日本人相同吧！喜马拉雅山上的夏尔巴人也喜欢酱油，或许亚洲民族拥有相同的味觉。

不过，爱斯基摩人非常怕吃热食。他们老老小小都喜欢喝茶，但都不喝热茶。我为了暖和冷透的身体，总是一边呼呼吹着可能烫伤舌头的热茶，一边津津有味地喝着，他们却立刻加入冰块，等水温了才喝。全世界的小孩都怕吃热喝烫，没想到这里连大人也是这样。我请他们喝茶时总是劝他们"欧抠特、马马特"（趁热好喝），他们总是把热茶推回给我，"马马挤丘"（难吃）。

不久后我就明白了原因何在。他们的食物多半是冷冻生肉。在家里时可以把肉吊在炉子附近，等肉回软再切来吃，但是出门打猎时不能这样，生肉冻得坚硬如石，小刀根本割不动，必须用柴刀敲碎，再把碎片塞进嘴里。感觉就像把冰糖放进嘴里，只是没有甜味。肉块如果太大，就撑在嘴里，如同湿手碰触低温的铁会黏住，冻肉就会黏在嘴里慢慢软化、溃烂。因此爱斯基摩人的嘴自然排斥热的东西。当我融入他们的饮食生活，驾着狗拉雪橇展开单独之旅时，也已完全不能接受热食了。

肖拉帕卢克的人们

爱斯基摩人的饮食生活

图勒地区栖息有各种动物。驯鹿、北极狐、狼、兔子、北极熊、海象、海豹、鲸鱼，鱼类有鳟鱼、海鳐、鲨鱼、鲫鱼，鸟类有乌鸦、野鸭、海鸥、水鸟……但是这些食物不一定随时都有。一年到头都能猎捕的只有海豹和海象，因此他们的主食因季节不同而有变换。

十月到三月间，兔子最多，海冰溶化的五月到十月间鸟类较多。这个时期的鳟鱼、鲸鱼也多。北极熊的毛皮可以卖到高价，爱斯基摩人常去猎捕，但并不容易。一年能猎到四五只就算大丰收了，一无所获也稀松平常。肖拉帕卢克村里几乎没有贫富差距，人们年年都有新皮衣可穿，可见狩猎技术很有作用。

不过，爱斯基摩人并不是所有动物都吃。乌鸦、北极狐、鲨鱼、海鳐等就不吃。乌鸦会吃狗和狐狸的粪便，爱斯基摩人嫌它难吃；北极狐有一些老人吃，但医生禁止年轻人吃，好像是含有什么细菌。我曾煮熟来吃，大概是老吃海象、海豹这些黑肉的关系，感觉这久违的红肉特别美味。

鲨鱼肉也只在猎捕不到其他动物时才吃。他们说吃了会拉肚子，脑筋也变得奇怪。后来我做三千公里的狗拉雪橇旅行时，狗吃了鲨鱼肉后果然严重下痢。伊米那和伊努特索说从前遇到饥荒时吃鲨鱼肉，难过得要死。可是日本人就吃鲨鱼肉。我用盐醃或熏干的方式来吃，他们都惊讶不已。动物性食物是他们饮食生活的主轴，偶尔也生吃漂到岸上的海草。这大概是唯一的植物性食物。

　　一般人以为爱斯基摩人什么食物都生吃，其实不一定。例如海象肉，刚捕获时绝对不吃。我曾经在解体牛只般大的海象时尝了一次。因为它侧腹下方带红色的肉酷似牛肉，看起来非常可口。这时塔奇阳加急忙阻止我，要我吐出嘴里的肉块。他说吃刚捕获的海象肉会掉头发。阿拉斯加的爱斯基摩人也绝对不吃刚捕获的鲑鱼。我虽然渴望美味的生鱼片，但也必须防范双盘吸虫。

　　爱斯基摩人大概是以会掉头发的借口来防范危险。反正，海象肉必定挂在木框架一个月以上自然冷冻后才能吃。

第六章
每月一次的盛大酒宴

极地的九月虽然在零下十度，感觉并不那么冷。没风的日子在阳光下其实蛮温暖的，让人想起日本的十月小阳春。那种日子里，肖拉帕卢克的爱斯基摩人常常去摘苔桃，顺便野餐。三厘米高的苔桃丛长在峡湾对岸山麓的岩石阴影下。村人船上载着锅子、茶叶、砂糖、饼干和海象肉，快快乐乐地出航。

安娜邀我同行。幅宽数十米的内陆冰河垂落峡湾，形成四五百米高的蓝色冰壁。部分冰壁不时伴着轰然声响落入海中，小船随之剧烈晃动。我想起和职业滑雪选手三浦雄一郎攀登圣母峰时的意外。比一栋摩天楼还要大的冰块就在我们眼前发出巨大声响坠落，滑雪队的六名夏尔巴挑夫瞬间消失在冰下。高山固然恐怖，极北之海一样可怕。小孩子探身船外，拿着祖母绿色的冰片玩耍，我却紧紧抓住船舷，吓掉了魂。

一上岸，女人和小孩立刻抱着空罐摘苔桃。果实大小如玻璃珠，要摘满一罐挺花时间的。大伙儿边摘边吃。我也含一颗在嘴里，非常酸，吃了十颗后再也吃不下了。这是完全肉食的爱斯基摩人唯一的水果。他们一粒不漏地仔细采摘。安娜酸得鼻子皱成一团，问我："日本有这么好吃的东西吗？"其实，日本标高两千五百米以上的高山都有，但我不忍心伤害她，于是说："日本虽然有，但是在很深很深的山里，人走不到那里，所以吃不到。"

"喂，Naomi，煮茶吧？"

地位相当于村长、今年六十八岁的伊努特索招呼我。为了展现村长的威严，他不太到我家里来。他个子虽小，但体格结实。煮茶完全不费事，从海边弄几个冰块放进锅子里，煮沸后放进红茶叶就成了。

"茶好啰！"

我一招呼，大人鱼贯走过来享用。坐在驯鹿毛皮上俯瞰大海，海的蓝和冰山的白呈现鲜明对比，感觉好惬意。

还不到下午两点，太阳已大幅度倾向对岸的山。没有一丝风，只穿羽绒服也不觉得冷。岩石还保有阳光的温热，手可以靠在上面。小孩子满足地紧紧抱着装满苔桃的罐子。出来野餐，心情特别亢奋。平常害羞的雅克（十六岁）也追着伊米那的十二岁孙女丽琪娜团团转。

买酒

野餐后没过几天，伊努特索一大早就来找我。

"早，Naomi，我要去卡纳克（Qaanaaq，旧称 Thule），一起去吧？明天回来。"

村里有两艘烧球式柴油引擎小船。一艘属于伊米那的儿子，另一艘就是伊努特索的。两艘都是旧船，但和海皮艇不同，不会因为一点小小的风浪就翻船，出海几天猎海象时乘坐这个比较安全，也能拖着几只重达四五吨的海象回来。伊努特索说要去八十公里外的卡纳克采购，可是我并没有东西需要添购。

"不要，我没有要买的东西，要留在这里打海鸥。"

"Naomi，我是去买酒，村里十月份的酒。"

村里也有贸易商会，可以买到茶叶、砂糖、饼干和狩猎用具等。但就是没有一滴酒。必须到丹麦政府行政官所在的图勒地区中心卡纳克才买得到。

"酒？很抱歉，我不喝酒。"

而且，我想尽量节省金钱。爱斯基摩人没有一毛钱也能生存，我却不能。比如说，我的枪是性能比他们优越好几倍的高级步枪，可是我的狩猎技术连他们的脚趾头都赶不上。当有一天我不能分享他们所获的时候，我必须有些储蓄过活。伊努特索听了我的回答后愣在那里，不明白不喝酒是什么意思。

"不喝酒？日本人都这样吗？"

"不是，日本人有喜欢喝酒的，也有讨厌喝酒的。"

伊努特索一副无法相信的表情，抱着双臂，坐在床上。我想起准我入境的丹麦格陵兰局官员的话。

"在格陵兰，我们最头痛的是酒和性病。如果放任他们，就喝个没完没了，完全不工作。因此我们管制酒。你也要小心，别引爆这两个问题。"

本来，爱斯基摩文化中没有酒。极寒之地根本不长酿酒的原料，气候也无法让酒精发酵。酒是一九〇〇年来到此地的丹麦远征队带进来的。从那以后，爱斯基摩人和酒就再也无法分开了。

我在东海岸的安马沙利克多次看到大白天就醉醺醺的爱斯基摩人。如果肖拉帕卢克也无限制卖酒，不知会变成什么样子。村中的花花公子卡利就常说，不缺买酒的钱。"买酒的钱很快就能弄到，只要把船开出海，立刻能抓到两三只海豹。"

他们认为"酒才是通往天堂的神水"。如果能自由买酒，只要有钱就会泡在酒里，直到整个人完蛋为止。丹麦政府控制卖酒给爱斯基摩人的数量，就是这个缘故。

二十岁以上的男女每人每月可以买三十瓶小瓶啤酒，威士忌酒精浓度太高，一小瓶抵二十瓶啤酒。因此买一瓶威士忌后就只能再买十瓶啤酒。丹麦政府为了控制酒的贩卖量，给每人发了一本"购酒手册"。伊努特索掏出那本红色手册给我看。

"九月一日威士忌一瓶、啤酒十瓶。八月一日威士忌一瓶、啤酒十瓶。七月一日威士忌一瓶、啤酒十瓶……"往上追溯，没有空过一个月。购买的日子都毫无例外是每月一日。可见他们对这一天是多么的迫不及待！

伊努特索有点不高兴。不喜欢喝酒对他们来说是不可能的事情，或许觉得受到我的愚弄。我不希望和爱斯基摩人之间发生任何小摩擦。不论他们说什么我都要应酬一番。

"好吧！伊努特索，我不去卡纳克，但是帮我买十瓶啤酒好吗？"

"才十瓶？别人都买三十瓶哩！"

我这下豁出去了，喊道："好，三十瓶，是三十瓶吧？！"

啤酒一瓶要三克朗（krone，丹麦货币单位），我给他九十克朗（四千五百日元）。伊努特索总算恢复好心情，脸凑过来笑嘻嘻地说：

"我已经老了，不行了，你还年轻，去抱抱卡纳克的姑娘怎么样？你是日本人，一定很受欢迎。"

哎呀呀！又是女人的话题。

"不行，我虽然想，可是医生说过不能用那话儿，所以我现在三十二岁了还是一个人生活。"

我照例用老借口婉拒伊努特索的怂恿。

每月一次的大酒宴

十月二日，伊努特索载满一船的酒从卡纳克回来。他的船从老远的冰山后面露出影子时，村里已欢声雷动。小孩四处奔走呼告，"伊努特索回来啰！"柯提阳加、伊米那也都拿着双筒望远镜遥望海上。

伊米那露出仅剩的几颗牙齿，满脸皱着笑个不停。他唱着爱斯基摩人的歌谣，表情看上去好像已经醉了。

"Naomi，今晚喝完酒后去找你玩。"柯提阳加的太太蕾琵卡当着老公的面不在乎地说着，吓我一跳。柯提阳加只是笑眯眯地望着他老婆。我来这里以后，还没看到过心情这么好的爱斯基摩人。有酒当前，还没喝都已经醉了。

伊努特索带回两个村里的年轻人。村人联手把装酒的纸箱搬上岸。伊努特索和年轻人在船上就已经喝开了，心情非常好。伊努特索舌头打结，他就这样穿梭在危险的冰山间，简直是酒醉直闯高速公路嘛！我接过装着三十瓶啤酒的纸箱要回去时，伊努特索招呼我说："日本人，今晚我们一起喝！"

我也不想一个人在家喝并不喜欢的酒，便很高兴地答应了他的邀请。伊努特索虽是村长，住的房子并不特别豪华。和单身的伊嘎帕一样，只是四坪大的一间房，不同的是他没有储藏食物用的木框架，而是在门前用木桩围个地方，带牙的海象头、鲸鱼尾、海豹肉等随便扔在里面。入口右边是马桶，左边是石油炉和锅子，天花板吊着带皮的海豹肉。窗边的台子上杂乱地放着油灯、脏杯子、饼干、茶叶等。最里面是他们夫妻睡的床，旁边有一张预备床，客人来时当做椅子。

今晚参加酒宴的有库奇邱老人和他的儿子马沙乌那夫妇、拉斯姆斯夫妇和他们的孩子、我和伊努特索夫妇共九人。库奇邱死去的老婆是伊努特索的妹妹，拉斯姆斯是伊努特索的弟弟，都是一家人。伊努特索没有孩子，平常显得空旷的屋子挤进九个人就满了，伊努特索夫妇把空罐子倒过来，坐在上面。

啤酒和威士忌就堆在脚边，伊努特索的太太娜托克一瓶瓶拔掉啤酒栓，放在大家面前。每个人都满面喜色，紧握着杯子坐立不安。酒宴在伊努特索的"卡斯塔，卡斯塔"（干杯）声中

肖拉帕卢克的人们

展开。

我酒量不好，喝多了就很兴奋、没大没小的，因此必须小心过量。

我参加第二次圣母峰侦察队时，和三浦雄一郎的圣母峰队登山队一起喝酒，当时我完全醉了。后来被大家调侃，说我大声唱歌，最后还呕吐，给大家添麻烦。我攀登圣母峰成功后，也和登顶成功、翌日要到加德满都的一支日本登山队同乐，我只喝下一杯像是烧酒的当地产土酒，醉意立刻蔓延全身，人像踩在云端似的轻飘飘的，结果从崖边滚下去，最后让夏尔巴人背着下山。据说我在夏尔巴人的背上还自言自语不停，真是丢人现眼。从那以后，我对酒就特别小心。

伊努特索他们已经完全飘飘然，不停地说着"马马特，马马特"，继续拔开啤酒栓。分不清自己和别人的酒。

"Naomi，日本有威士忌吗？"库奇邱笑吟吟地问。

"当然有，在日本随时随地都可以喝酒。"

"真的？"

他们都一副不相信的表情。

"怎么样？Naomi，要和我老婆睡觉吗？"

马沙乌那用手肘碰着他太太欧罗姬雅说。他已是三个孩子的爸爸，这语气实在奇怪。我看着欧罗姬雅，她满脸笑容。真是神经有问题。

"日本有多少女人？"库奇邱又问。

"很多、很多，有这格陵兰的十倍、二十倍……满满都是。"

我张开双臂说明,为了不喝太多酒,我就尽量说话。日本的冬天比这里的夏天温暖,夏天温度三十度以上,还能泡在海水里玩,那叫做海水浴。草木青绿茂盛,水果丰富……

"日本是那么好的地方吗?可是像火炉一样热的地方,我们不能住。"

"才不会,虽然和这里不同,但是日本人和爱斯基摩人都是同样的脸,同样的朋友,不信,到我家里看照片,不会是不能住的地方。"

"嗯!"

"日本人和卡纳克的白人行政官不一样吧?爱斯基摩人和日本人一样,我和大家都是亲戚。"

我向马沙乌那说明,伊努特索也满脸通红地附和说:"是啊,是啊。"然后拿出放在架子上的收音机说:

"这是日本制的,是你制造的吗?"

的确,商标是 HITACHI(日立)。

"不,虽然是日本人制造的,但不是我制造的,我的脑袋空空的。"

我砰砰地敲着自己的头。

啤酒已经喝光,所有人眼里满是醉意,紧紧抱着自己的威士忌。只有总是冷静的娜托克的威士忌还放在地板上。他们拿不稳杯子,大部分酒都洒到了地板上。欧罗姬雅叫着"日本人,日本人",膝行靠到我身边。我想逃开,她一把抓住我的手臂。她老公假装不知道,沉浸在酒里。他呼出来的酒臭差点把我熏醉了。

接着，大家把啤酒箱塞进床底，配合收音机的音乐，夫妻搭档在狭窄的空间里跳起踢踏舞。收音机接收的电波来自格陵兰南部的戈特霍布（Godthåb/Nuuk，格陵兰首府）。石油灯光的微暗房间里酒气人气蒸腾。加上马桶冒出来的屎尿臭气，鼻子快被熏歪了。

我趁他们跳踢踏舞的时候悄悄溜出来。欧罗姬雅追来，我大吃一惊。她已经醉了，又是石子路，她连滚带爬地跟在我后面，真叫人受不了。男女追逐的不只是我们，到处看到年轻男人一把搂住女孩。女人甩开他们，脚步不稳地去追她看中的男人。村里一片混乱。我甩开欧罗姬雅回到屋里，醉醺醺的安娜和纳巴拉娜又攻过来。天空有星星，我想钻进睡袋里露天而睡，但是零下十五度的气温，加上我也醉了，一定立刻冻死。没办法。我又折返伊努特索的家，暂时混过一段时间后终于回到自己的床上。

我听说爱斯基摩人爱喝酒，没想到是这个样子，没错，如果让他们自由弄到酒，他们一定连续喝个三天两夜。三个孩子都不是同一个母亲的卡利，问他喜欢酒还是女人时，他说："当然是酒。"不只是卡利，问十个人十个答案都一样。没有酒喝，对他们来说是一大伤痛。

卡利的弟弟乌玛数年前酒醉时打坏柯提阳加的窗子，还拿刀子刺伤柯提阳加的侧腹。柯提阳加用衬衫裹住喷血的腹部，驾着狗拉雪橇到八十公里外的卡纳克求医，保住这条命，政府贩卖所主任因此拒绝卖酒给乌玛。不能买酒,又没有人请他喝。这对于认为酒才是生存价值的爱斯基摩人来说,就相当于死刑的极刑。

解决洗衣问题

这场酒宴对我来说也是一大收获。从此以后我完全融入这个部落了。我不需要再神经敏感,小孩子到我屋子里撕书、干扰我工作时,我也可以清楚地告诉他们"不可以"。小孩子的头发剪得长短不齐时也可以调侃他们,甚至能堂而皇之地在屋子里撩起衣服下摆,跨在马桶上大小便。酒的效用并非完全无用。

最庆幸的是解决了洗衣服的难题。娜托克怜恤我的独居,常来我家主动用海鸟羽毛扫帚帮我打扫房间。她已经是老太婆,不会像安娜、纳巴拉娜那样事后和我牵扯个没完。娜托克就像照顾独居的伊嘎帕一样,打从心底善意地照顾我。

厚冰覆盖海面时,海豹会自己打开网球大小的呼吸孔,而这就是我们猎杀海豹的目标。

和爱斯基摩人共度狩猎生活

第七章
吃尽狗拉雪橇鞭子的苦头

十月以后,我正式开始练习驾驶狗拉雪橇。鞭子左右狗拉雪橇的一切,我想,不过一条皮鞭罢了,顶多练习一个月就够了。但是一拿起鞭子,我就知道自己太过天真。

鞭子是用髯海豹皮切割成螺旋状编制而成,全长八米,靠近握柄处的宽幅约一厘米,越往鞭尾越细,鞭尾的宽幅约只剩一毫米。为了挥鞭时能发出声音,鞭尾系着一米长的钓鱼线。鞭子绑在一米长的木棒上,看起来很简单,但是甩起来相当困难,完全不听使唤。我先把碎冰块当作狗来练习,根本打不中目标。我虽然照爱斯基摩人教我的那样,右手握柄、大幅度向后面绕一圈后向前方甩出,但是鞭子只往前跑了一半便倒头飞向我,打得我眼冒火花。我虽然戴着羽绒服的帽子,却一点也不管用。我一向前甩,鞭子很快又倒飞回来,我赶紧扭转手臂,鞭尾还是直扑眼前,我急忙低头避过。接着,我更拉开手臂幅度小心地挥出,这回鞭尾却绕回来缠在脚上。

想看我甩鞭本事的小孩特别兴奋,每当鞭子打到我的脸时就笑成一团。后来塔贝走过来说:"鞭子借我一下!"他接过鞭子，两腿大大张开站着。鞭尾描出一个大弧形，同时发出很大的一声"啪契"，果然精彩。这么小的孩子都会，我没有理由做不到。我要塔贝再甩两三次，仔细观察他手臂的动作后又试了一次，结果还是一样。这回是伊努特索出来示范。不愧是老经验，甩得比塔贝好多了。鞭子不歪不斜，像琴弦般直直甩出去打中目标，他的手臂只是弯成八字形，前后左右交叉，自由自在操耍的鞭子像一条活的东西，甩得真的很自在。

甩鞭是驾驶狗拉雪橇的重要技术之一，甚至可以说是唯一的技术，是我横越南极时不可或缺的技术。这天以后，我铆足干劲，专心练习甩鞭。挥甩的次数从一天两百次慢慢增加到五百次，一个月下来，还是不够熟练。这段期间，我脸上被倒转的鞭尾打到而形成的红肿条一直没断过，对着镜子涂消炎软膏也是日课之一。低于零下二十度的日子渐渐多了。太阳冒出水平线的时间也缩短到一天只几个小时，白天时也显得昏暗。

第八章
成为伊努特索的养子

十月中旬后气温下降,低于零下二十度的日子渐渐多了。太阳冒出水平线的时间也缩短到一天只几个小时,白天时也显得昏暗。

我每天必跑的马拉松也因为海边开始结冻变得危险而暂停。于是我以帮伊努特索搬冰块来代替。寒风吹袭中从海边扛冰块回家,对老人来说是重劳动。偏偏伊努特索的房子距离海边很远,对他来说这工作真是艰苦。

当我冷得耳朵发红地奔进屋里时,娜托克总是双手包住我的耳朵笑着说"伊康那特"(好冷哦),并

伊努特索和娜托克

和爱斯基摩人共度狩猎生活

倒茶给我。

伊努特索有两个兄弟和两个姐妹。上次一起喝酒的拉斯姆斯是他弟弟。姐妹都已过世。他姐姐娜娃拉娜是图勒地区第一任行政官福尔根的太太,是爱斯基摩人和白人之间的桥梁,也是最有见识的爱斯基摩人。她说的话常常出现在福尔根写的《爱斯基摩之书》里。

娜托克六十四岁,是伊米那的妹妹,伊嘎帕是她的弟弟。如此这般,村里的人追溯血缘时多多少少都有些关系。伊努特索喜欢谈往事。

"以前没有糖、饼干和香烟,白人远征队来了以后我们才有这些东西。用海豹皮交换。现在想起来他们实在很恶劣,一张海豹皮还换不到一包烟。

"我们只有海象、海豹、驯鹿、狐狸、北极熊的皮,白人却什么都有。像枪,只要手一扣,就可以杀死二三十米外的猎物,我第一次看见时好惊讶。

"我们完全不知道南边是什么样的国家。我本来以为姐姐娜娃拉娜嫁给福尔根去丹麦一定很苦。没想到去的是童话之国,我羡慕死了。姐姐从丹麦回来时告诉我们许多许多事,都是让大家讶异不已的事情。那里很多茂密高大的绿树,果实里满是砂糖。房子也高,上面又加一层、两层,住着人。娜娃拉娜说的事情叫人不敢相信,日本也是这样吧!"

伊努特索年轻时在政府机关上班,担任极地远征队的向导,是肖拉帕卢克的教养之士。也因为如此,他似乎感受到白人有形无形给他的人种歧视。像沙奇乌斯老人那种辗转极地追逐猎物讨生活的人，对白人只有优越感，没有自卑感。他们完全不关心白人。但是像伊努特索这种有机会接触白人的爱斯基摩人，对白人就抱有某种感情。

"白人欺骗我们。我好几次加入远征队，那些白人丝毫不懂地理，连五只狗拉的雪橇都走得歪七扭八，还装腔作势耍威风。二十年前，我和法国远征队前往加拿大。我觉得没什么意思，说要回家时，白人混蛋居然用枪威胁我。我以为日本人也是白种人，没想到和爱斯基摩人一样，我很惊讶。"

伊努特索说着，握住我的手。不只是他，图勒地区的爱斯基摩人都说我是"日本·爱斯基摩人"。他们看到日本人和爱斯基摩人肤色相同、脸型相同，非常高兴。我到肖拉帕卢克后蒙受他们愉快的接纳，或许不是我煞费苦心吸引小孩的体操，而是这种同族意识。

我乘坐木筏沿亚马逊河而下时也是这样。听到我要单独顺流而下六千公里的计划时，秘鲁的军方和警察都认为这是疯狂行为。所有人都说河畔的印第安人很残暴，搞不好被抓去杀了吃掉。但是我看到留着黑色马桶盖头的印第安人的瞬间，就像看到了白人感受不到的朋友。看到住在的的喀喀湖上的乌洛斯族印第安人时也一样。如果自己心里有那么一丝丝人种歧视和优越感，不管表面上怎么掩饰，对方还是会敏感察觉的。我那时感受到的朋友意识，或许就是此刻伊努特索在我身上感受到的。我打从心里有向伊努特索和让我想起乡下妈妈的娜托克撒娇的感觉。

有一天闲聊时，伊努特索突然问我愿不愿意做他的养子？我大吃一惊。在日本收养子是件大事。我的父母健在，我也没打算一直住在这里，顶多一年就要离开。我努力向伊努特索说明我的情况。但他毫无反应。对爱斯基摩人来说，收养子不是大不了的事情。爱斯基摩人中有很多私生子，父母早死的情形也不少。另一方面，小孩子十五岁左右就是一个成熟的猎人了，几乎都要离家自立，很多家里没有小孩。因此，爱斯基摩人的社会可以很轻易地结养子缘。

我接受伊努特索的要求。仪式很简单，只是三个人把手伸出来叠在一起。娜托克紧紧握住我的双手，喜不自禁。要是在日本，这时一定会举办庆祝宴会，但现在村里不剩一滴酒。娜托克用热水泡茶喝，伊努特索只是咀嚼生鲸肉。但是我很满足。这种人和人之间温暖肌肤相触的心情让我感觉无上的幸福，比我今后在这里的训练会更顺利还要让我高兴。从那以后，我称伊努特索"阿搭达"，称娜托克"阿娜娜"。后来我悄悄计划去乌帕那维克（Upernavik）的雪橇之旅，做了不少不孝（？）的事。

第九章
开始准备过冬

十月中旬以后，大白天屋子里也阴沉沉的，必须整天点着油灯。这时候爱斯基摩人开始准备过冬。伊米那拿出木板和锯子制造雪橇。他穿着北极熊皮大衣，嘴里哼着歌，慢慢拉扯锯子。柯提阳加的太太蕾琵卡在缝驯鹿皮大衣。连十二岁的妮希娜也翻出零碎的海豹皮缝手套。卡利兄弟专心编制套在狗身上的皮带。大伙儿都在准备过冬。

最近，低于零下二十度的日子多了，只穿羽绒服会冷，无法在户外停留半天。我的靴子是伊努特索爸爸送的海豹皮靴，勉强可以过冬，但要驾驶狗拉雪橇，不穿毛皮外套根本无法御寒，于是请娜托克妈妈帮我缝驯鹿毛皮外套。

娜托克妈妈拿出三件驯鹿毛皮，毛皮有点干缩僵硬。这要用鲸鱼的筋当缝线，但我怀疑缝针能够穿过这么厚硬的毛皮吗？娜托克妈妈先用水沾湿毛皮，再用顶端扁平的棒子敲软毛皮。这工作相当吃力，跟我们日本人的针线活完全不同。毛皮稍微柔软后，她帮我量尺寸。她让我站着不动，用手掌量我的身高，用手臂量我的身宽，不时要我缩下巴挺直背，和定做西装时完全一样。她这样就能知道我的正确尺寸吗？不会松垮垮的或是太小吧？

量完尺寸后，她接着裁剪毛皮。她拿出扇形的刀子轻松剪着毛皮。

爱斯基摩的女人都是这样。妮希娜用海豹皮帮我缝手套和靴子时也是用她的手掌贴着我的手掌取尺寸后，立刻动刀剪皮。别说是上衣，手套若是松垮垮的也不能用，我担心成品，但是妮希娜做的滑雪手套非常合手。

娜托克妈妈满面笑容。她微驼着背拿针的样子和我乡下的母亲无异。外套成形后，她在帽子周围缝上挡风的北极狐尾，袖口缝上北极熊毛皮，就大功告成了。这件外套花了娜托克妈妈四天的时间。我立刻穿上，非常温暖。在房间里穿甚至觉得热。虽然穿在身上硬邦邦的，但是丝毫没有手脚施展不开的拘束感。我对娜托克妈妈不用量尺就能用坚硬的毛皮做好一件合身外套的本事赞叹不已。

伊努特索爸爸看到我的样子，兴奋地说："哦！我的爱斯基摩人！"比我矮十厘米的娜托克妈妈两手伸进头套里捏我的脸颊，像逗弄婴儿似的高兴地说："Naomi，只要有这个，再冷的冬天都不怕。"我早已过了三十岁，这样被当成孩子看待还是头一回，但我以此为乐。

该如何回报娜托克妈妈的好意呢？我想让她知道我的喜悦。我一边喊着"好暖和，好暖和，而且刚刚好"，一边跑到阴暗的屋外，拿起伊努特索爸爸挂在屋顶上的雪橇鞭用力甩。

笨鸟海鸥

太阳渐渐变低，村里准备过冬时，伊米那不再驾海皮艇去打猎，而热衷于在岸边打海鸥。十月的某一天，伊米那对着天空开枪。爱斯基摩人来到海边，准星瞄向海里是打鲸鱼，对着天空一定是打海鸥。海鸥中弹后掉落海上，附近飞翔的海鸥立刻争相攫食掉到海里的同类。伊米那再度开枪，瞬间就打下五六只海鸥。看这情况，射击技术再差如我也能轻易打到。

被击落的海鸥在距离岸边二三十米的海面浮沉。但是伊米那还是不动海皮艇。我想帮忙，穿着羽绒服和海豹靴奔到海边。

"伊米那，我驾海皮艇去捞海鸥吧！"

伊米那咧嘴一笑说："不用，等一下它们自己会送过来。"

果然，不到十五分钟，海鸥被海浪送上伸手可及的地方。浅灰色的鸟身和鸡差不多。我拔掉羽毛，翻转鸟身观察时，伊米那叫我。

"Naomi，把海鸥拿过来。"

伊米那接过海鸥，用力握住羽毛根部，海鸥就像机器人般竖起全身羽毛。全长有一米吧！伊米那模仿海鸥的叫声，让翅膀张张合合的。我起初以为他要弄死海鸥，后来才知道这是爱斯基摩人诱鸟的手法。没多久，消失在视野里的海鸥又开始三三两两地出现。接近四米外时伊米那就开枪射击。

这个策略没效后，他把海鸥数度高高抛到天空，然后迅速蹲在地上架起猎枪。这样重复两三次，海鸥又上钩了。这里的鸟太缺乏警戒心。但是看见海鸥一再上这类简单诡计的当，我想，或许不是警戒心的问题，而是它们原就是笨鸟。

"海水就要结冻，鸟也暂时不再来了，猎鸟只有趁这时候。"

伊米那捧着一大堆海鸥说。爱斯基摩人吃海鸥是水煮加盐，味道很像鸡肉。海鸥的肉质比日本的嫩鸡结实，味道更好。爱斯基摩人去猎海豹、海象时总会顺便猎两三只海鸥回来。因为丹麦政府指定海鸥为害鸟，鸟脚还可以拿去贸易商会卖，一只值五十日元。柯提阳加总是带着四五只海鸥回来，用鸟脚换钱帮儿孙买饼干。

海鸥在天空翱翔时，沙丁鱼般的小鱼会大量涌上海滩，这时候的热闹也不输鲸鱼涌来时。全村出动，拿着水桶在岸边捡鱼，或划着海皮艇出海用网子捞。每个人最少搬五趟桶子回家，平均超过五十公斤吧！这种小鱼和海象的生肉一样不能立刻生吃。需要用盐醃过再吃。这鱼内脏很多，水煮后鱼身支离破碎。大概大家也怕双盘吸虫，总要放个几天冻得僵硬时才敢生吃。整个十二月，爱斯基摩人嘴里都嚼着这鱼。

第十章
猎海豹

有一天，伊努特索爸爸来叫我。

"Naomi，我们就要去猎海豹了，快准备船！"

冬天即将来临，海面呈半结冻状态，浓稠得像洒上了一层灰。海浪也不大，翱翔海上攫食海鱼的海鸥最近完全不见踪影。矇昽的太阳露出水平线上，海面也不见金光闪烁。船出海没问题吗？

"这是今年最后一次出海猎海豹了。不用很远，出了这个峡湾就有海豹。你去准备引擎，我去找年轻人。"

伊努特索说完，走向村里。我穿上娜托克妈妈帮我缝制的新皮裘和北极熊毛皮裤，扛起步枪，走到海边。陌生人看到我，从长相、装备、扛着步枪的架势，一定以为我是爱斯基摩人。海边已完全结冻，脚下会打滑，相当危险。我把烧球式引擎点着火，等引擎热机后，伊努特索爸爸带来两个年轻人。二十八岁了还不时流口水的卡库，和眼睛有点斜吊、脸像狐狸的塔奇阳加。塔奇阳加是村里著名的花花公子。他和右邻的女儿有个十二岁的私生子，又和左邻的姑娘结婚生了三个孩子。但是他还不满足，总是追着村里的姑娘团团转。

冰冷的引擎需要一些时间热机。下午两点，太阳从水平线上露出脸时，我们终于把船开到凝结薄冰的海上。火红如脸盆的太阳不升不降，只是横挂在南边。

"Naomi，这是今年最后的太阳，从明天开始一直到二月，它都不会再出来了。"伊努特索爸爸说。

呼出的气像香烟的烟。我以前看到夕阳从来不觉得感伤。此刻身在低于零下四十度的格陵兰，想到真的要四个月后才能看见太阳，莫名地感伤起来。卡库站在船尾抽烟斗，用脚操舵。船开进稍微厚一点的冰群时，再怎么加强马力，就是不前进，只好迂回向前。塔奇阳加在长矛顶端加上锉刀，又用绳子沾点石油清扫生锈的枪管。伊努特索爸爸拿着望远镜搜寻海豹的踪迹。今年最后的太阳对他们来说，只是年年重复的生活的一部分。

来到离岸一公里的峡湾入口时，伊努特索爸爸喊道："海豹！卡库，引擎别开得太大，它们会逃掉！"

我和塔奇阳加把子弹塞入枪膛，望着伊努特索手指的方向。四百米外的新冰上有个黑点。虽然引擎声音已经关小，但在屏息静气的我听来，在细微的碎冰声音中仍显得噪耳。船以人走路的速度缓缓靠近海豹。伊努特索爸爸揪下一根驯鹿毛抛出去测风向。

"卡库，再向右绕一点，直直过去它会跑掉。"

伊努特索爸爸陆续指示卡库。为了不让海豹发现，我们从下风处接近。接近一百米时，伊努特索爸爸要卡库关掉引擎，自己拿枪走到船头。卡库也拿着枪，船头并排着四管枪。起初只看到一个小黑点的海豹，接近一看，是身躯不输海象的髯海

海豹的解体作业

豹。它的长须在鼻头处分向两边，看得很清楚，它不知道我们正瞄准它，身体重重地倒在冰上。

"等我喊出'呀'的信号时一起开枪，在那之前，海豹即使在动也不能开枪，知道吗？Naomi。"

峡湾里没有一丝浪头，船静止不动。我瞄准步枪的准星尖，手指扣着扳机，屏息以待。一直盯着海豹的伊努特索爸爸吹了一声口哨，海豹不明所以、表情紧张地抬头看着我们这边。我立刻把准星对着海豹头部。伊努特索爸爸瞬间发出"呀"的信号，四管枪一起开火。海豹的头沉沉垂落冰上。我们再度开动引擎靠过去，子弹都准确地命中头部。但是只有三发，四人同时开枪，只中了三发。谁没打中，那还用说？

他们立刻在厚二十厘米的新冰上徒手肢解海豹。零下二十五度的温度下，他们的手肯定很冷吧！不时把手浸在冒着热气的海豹内脏里，暖手后再继续作业。

海豹的解体方式有两种，即海豹皮要卖给贩卖所还是做皮鞭。前者很简单。让海豹仰卧，一刀从头剖到尾，尽量不留皮下脂肪地剥下整张皮。

要做皮鞭时稍微麻烦一些。先把海豹切成一截一截，再把刀子钻进表皮和皮下脂肪间剜下皮来。就像切墨鱼圈一样。带回家以后，再用刀子切成细长的皮绳，编成狗拉雪橇用的皮鞭。

剥皮作业结束，开始肢解躯体，一一掏出内脏。肢解时他们不时抓点肝脏送进嘴里。爱斯基摩人称之为"七古"，是猎杀海豹时最大的乐趣之一。他们只生吃肝脏，另外留下小肠和心脏，其他内脏全都丢到海里。

肢解海象时能生吃的东西很少，只有脑浆和心脏周围的血管。这些血管用滚水汆烫一下，味道像墨鱼，非常好吃。我在回村的雪橇上也边撕边吃。

我想帮忙肢解作业，但新冰还不怎么厚，非常危险，只好坐在船上接收肉块。驯鹿皮裘非常温暖，虽然太阳已倾斜，身体丝毫不觉得冷，但是手就不行了，因为必须徒手抓住带血的滑溜肉块。手接触到肉的瞬间感觉温暖，之后因为接触空气，像针刺般疼痛，很快就僵得不听使唤。

我本来对耐寒很有自信，因为经历过几次严酷的体验。我曾在圣母峰顶徒手转动十六厘米摄影机，也熬过零下四十度的大朱拉斯山的寒冻。但是看到现在这双经不起寒冻的手，才知道在大朱拉斯山是有小西等六位同志会的成员帮忙，在圣母峰是有松浦兄的细心指导，我才能挺过那份严寒。我竟错觉是靠自己的力量达成，真是惭愧。

我不管会不会弄脏脸，把手贴在脸颊上，温热以后继续屯货作业。整个肢解过程仅仅花了十分钟。

熟皮

海豹不只是爱斯基摩人重要的食物来源，也是少数能换钱的物品之一，因为村里的贸易商会收购海豹皮。熟皮是女人的工作。她们在水桶里竖着一块板子，翻转表皮浸在桶里，再用独特的扇形刀子刮净皮下脂肪。水桶放在地上，她们张开双腿弯身用力刮脂肪的样子和日本早期的妇女洗衣的风景完全一样。刀子很锐利，她们手下利落，不伤一点海豹皮。我发现她们不时把东西塞进嘴里，这时候的海豹皮应该没有能生吃的部分了，她们在吃什么呢。再仔细一看，只见她们撕下皮和皮下脂肪之间的一层白膜放进嘴里，津津有味地嚼着。我也撕一点尝尝，无味无臭，像嚼没有味道的口香糖。她们边嚼边把脂肪清除干净，冲洗后在皮的周围打洞，穿过绳子挂在外面晾干。为防止狗吃掉海豹皮，晾皮时都把皮放在屋顶或木框架上，在寒风中两天就会完全脱干水分。拆掉绳子后毛皮硬得像一片板子。拿到贸易商会去卖钱，再买回生活必需的糖、茶叶、饼干等。

第十一章
拥有狗拉雪橇

以十月二十日为界，太阳完全从视野里消失。此刻，只有高度不到九百米的后山冰帽还留着红色的残阳余晖。半结冻状态的海已完全一片冰蓝。户外整天阴暗，天空星光闪烁。

我不能茫然过日子。我组装卡札马斯基帮我试做的狗拉雪橇。这个雪橇原型是一八八八年首度用于横越格陵兰的南森型①，日大队（池田锦重队长）于一九六八年加以改良。日大队的五名队员驾着两辆这种改良型雪橇，耗费四十天完成横越格陵兰八百公里的探险，顺利越过途中的山岳地带、冰河、冰河裂口等艰险地区。

我想用爱斯基摩犬拉这种雪橇。宽度增加为八十厘米，长度也增加到三点五米，好多载一点货。滑板的前面部分也特别加强。全部重量十八公斤，可以乘载三百至四百公斤的货。

---

① 南森（Fridtjof Nansen, 1861—1930），挪威北极探险家、海洋学家、政治活动家。曾于一八八八年跋涉格陵兰冰盖。一八九五年乘"弗拉姆号"（Fram）往北极探险，到达北纬八十六度十四分。后因从西伯利亚、中国和世界其他地区遣返五十万名战俘和直接援救俄国遭受饥饿的人民，而于一九二二年获得诺贝尔和平奖。

狗是以一只一百克朗的代价向伊努特索爸爸和柯提阳加各买一只。虽然想自己从头开始训练，但时间已经不够。这两只都是公狗，身体比秋田犬稍小，但脚很大。柯提阳加那只狗是黑色的，我叫它"康诺特"（黑），另外一只是白色的，我就叫它"卡扣特"（白）。我另外向卡温那买了两只两岁大的狗兄弟。卡温那强力向我推销："我的狗很会拉雪橇，你一定要买。"可是我问了几次还是记不住狗的名字，只好用它原主人的名字"卡温那"叫它。卡温那很生气，说怎能用他的名字叫狗，我这样做的话，他就不卖了。说的也是，看到被鞭打斥骂的狗和自己同名，谁会有好心情？但是他老早把卖狗的钱买香烟花掉了，不得不默允"卡温那"这个狗名字。二月时我驾着狗拉雪橇独行三千公里，那时狗的数目已经增加到十三只。它们的名字总是困扰着我。我暗自决定，虽然有些抱歉，但还是以卖主的名字称呼它们。从乌帕那维克回来的路上又买了几只，那些狗就用它们原来居住的部落命名。

　　带狗回家非常辛苦。柯提阳加就住我隔壁，随手就牵回家。卡温那的狗则让我吃尽苦头。我帮它们套上新皮带准备牵走时，它们对即将离开同伴好像很不安，没走两步又窜回原来的地方。它们的力气很大，我一个人拉不动。一旁笑呵呵的卡温那看不过去，伸手帮我。但他不是帮我拉它们，而是拿出一片木板，使劲捶打想要逃到狗群里的两只狗的屁股。他不是随便拍拍，真的是使出吃奶的力气打，狗儿哀号着四处逃窜。我看他那么用力，担心把狗打成骨折。不过，这是爱斯基摩人最普通的驯狗方法，我后来才知道，这些狗是好好待它反而会威胁主人生命的危险动物。

我找个小孩帮我牵一只，自己拖着一只带回家，绑在门外。五只狗彼此并不相靠，呈放射状散开转圈子。新的环境似乎让它们觉得不舒服。

不到一个小时，狗群开始打混仗。我拿着油灯出去一看，康诺特和卡温那狗兄弟撕咬得正热。康诺特比卡温那狗兄弟大上一轮，胜负立见。一只脚被咬得流血，哀叫逃窜。另一只耳朵被咬出血。这一架确立了康诺特的狗老大地位。只要康诺特一靠近，连卡扣特也垂头逃开。从此以后，卡温那狗兄弟完全扮演败犬的角色，新加入的任何一只狗都会狠狠修理它们一顿。拉雪橇时它们躲在左右两端，尽可能远离其他的狗。

狗总是处在饥饿状态

图勒地方的狗食是海豹、海象、鲸鱼等生肉，和爱斯基摩人的饮食生活几乎无异。我惊讶的是每周只喂食三次，因此一个星期里，狗食时有时无。猎物少的夏天尤其凄惨，常常三天只喂一次。因此狗也有觉悟，在下次喂食以前尽量不消耗体力，静静躺在门前不动。我刚来时看到爱斯基摩人为了确保粮食而不喂狗吃东西，觉得他们残忍无情。但是进入雪橇季节后，实际让狗拉雪橇时才明白。如果每天喂食，狗会变得肥胖迟钝，而且胃里有东西，跑起来会呕吐不止。爱斯基摩人很清楚让狗吃饱是浪费。

喂狗的日子一到，就把肉块剁成小块分别丢给狗吃。如果一次全部丢下去，弱小的狗就抢不到肉。即使抢到，强狗也会咬它的脖子从旁抢走，于是强狗更肥更壮，弱狗更瘦更弱。爱斯基摩犬不咀嚼肉块，是整个吞下去的，因为慢吞吞咀嚼时肉块也会被别的狗抢走。真正是弱肉强食的世界。

这个冬天，我的亲人就是这些狗。和人一样，每一只都有名字和个性。关于它们，我在雪橇独行三千公里的部分再详细介绍。

第一次驾驶狗拉雪橇

太阳不再从水平线露脸后，海面上铺满一层冰，但是那些冰常常会在瞬间就从视野里消失。即使外行如我也知道那个前兆。零下二十五度的气温突然上升十度左右，吹起微温的风。那犹如女性般棱线缓缓起伏的内陆山顶刚罩上伞状的白雾，又突然刮起狂风。海上传来像小猫叫似的冰块推挤倾轧的声音，把先前冻结的冰一口气推出外洋，海面又开始浪涛起伏。但是风一停止，海面立即又恢复黏稠的麦芽糖状，再度结成冰块。十一月以后，海浪和冰的变换次数减少后，冰就真正固定了，三厘米、四厘米、五厘米地慢慢变厚。这时候也是狗拉雪橇出动的季节了。

和我同年的卡利教我驾驶狗拉雪橇。他每晚留在我家，教我打猎和驾驶雪橇的技术。他也教我怎么做套在狗身上的皮带。有一天，卡利又来了。

"今天要驾雪橇去猎海豹，如果你要一起去，可以坐我的雪橇，我教你怎么操纵。"

这阵子海面上反反复复地一下子结冰、一下子变水，他们不能开船或驾雪橇出去，无法猎到足够的海豹。他们的现金收入是靠卖海豹皮，这段时期每一家都过得拮据，只能用海象的牙和下颚骨做些人偶，或编制漂亮的皮鞭出售。柯提阳加跟我借钱，卡温那非要卖狗给我都是这个缘故。他们最焦虑的是不能买酒。十一月份配酒的日子早已过去，船和雪橇出不去也无计可施。他们只好伸长脖子等着海面的冰凝固。

期盼的日子终于来了。卡利的声音满含亢奋。

我初乘雪橇的兴奋胜过获得新鲜食物的喜悦。终于能够亲眼见识一下爱斯基摩人的狗拉雪橇技术。我到肖拉帕卢克的最大目的就是学习这个技术，于是非常兴奋地坐上卡利的雪橇。

卡利让十三只狗呈放射状拉着雪橇。狗在出发以前都很亢奋，不知是意气昂扬还是恐惧不久将打到身上的鞭子？卡利坐在雪橇正中间，右手的皮鞭在空中抽出一道响亮的声音后大吼一声："呀——！"身体一阵撼动，雪橇奔驰在冰上。卡利的驾驶技术并不复杂，雪橇就像机器人般听命卡利使唤而前进。我看他只是稍稍挥动皮鞭，雪橇就顺利奔驰，指挥狗好像很简单，暂时感到放心。看来，我只要记住基本的使唤用语，大概也没问题吧！

可惜这个想法太过天真。我第一次驾驶狗拉雪橇时狗根本不听使唤，惹得围观的爱斯基摩人个个捧腹大笑。这事以后再述。

狗拉雪橇用语

这里暂先说明一下狗拉雪橇的用语：

呀——呀——（走）

哈库哈库（向左转）

阿邱阿邱（向右转）

啊咿啊咿（停）

抠法（再快一点）

那诺后阿（有猎物，快跑）

阿咿（慢慢跑）

喔雷唭（别吵，安静！）

嘶，嘶，嘶（集合发音像吹口哨）

阿嘎契，阿嘎契（过来）

雷——雷雷雷（去找海豹来到可能有海豹的地方，发出"雷——雷雷雷"的声音后，狗就会放慢速度，放低鼻子猛力吸嗅，之后，它脸抬起的方向就是有猎物的方向。我跟他们去猎过几次，没有一次出过错。）

我们前进三十公里左右，卡利向狗发出"雷，雷雷雷，雷雷"的打舌声音，全力前奔的狗群突然放慢速度，四处观望。原先笔直前行的雪橇一下子弯这里，一下子弯那里。没多久，狗停下脚步，竖起耳朵，鼻子朝着同一方向抽动。

"呀——呀——Naomi，狗发现海豹了。呀——呀——"

狗再度全速前进，大概时速有三十公里吧！我的脸部接触空气，冷到刺痛的程度，几乎无法正面迎风。我躲在卡利背后，从他肩上露出头来。一片茫茫的海冰上，只有狐狸的脚印，没有海豹的身影。狗发现的不是海豹，而是网球般大小的海豹呼吸孔。海豹是哺乳类，虽然在海中觅食，但还是要用肺呼吸，时间一到就必须把鼻子露出水面呼吸，否则会窒息而死。因此冰封海面时海豹会确保几个呼吸用的洞孔。狗发现的就是这种洞口。卡利确认洞口后，让我坐在雪橇上，小声发出"呀——"的信号。狗就让卡利单独留在洞旁，把雪橇退到离洞约一百米远的地方，竖起耳朵，守候卡利的动作。

卡利揪下一根毛丢到空中测风向，把枪架在下风处离洞口两米的地方。大概是听到了海豹游来的声音吧！他脱下驯鹿皮裘的帽子。我也摘下帽子竖耳倾听，但是耳朵受不了寒冻，不到一分钟立刻戴上。卡利很有耐性，等了三四分钟，突然架起枪，瞄准洞口发射。

枪响的同时，狗一起冲向洞口，我在雪橇上翻个筋斗。卡利开枪后扔下枪，拿起一根绑着大钩的棒子往洞里戳搅，要钩住海豹，不让它沉到海里。钩起来的是一米左右的髯海豹，不算很大。但这是卡利半个月来唯一的收获，他非常高兴，完全忘了要教我怎么驾驶雪橇，也没将海豹肢解，直接放上雪橇，得意扬扬地载回村里。

网捉海豹

爱斯基摩人冬天猎杀海豹，也会使用网子。

先在海豹呼吸孔旁边每隔两米用铁棒戳开一个洞，总共戳开三个。接着从正中央的洞放下长四米、宽一米的大网，系在网两端的绳子再从左右两边的洞里拉到冰上。网子里面放五个石坠，沉到冰下。这时，网和冰之间必须保留相当的空隙，如果紧贴着冰下，会被冻住而黏在一起。在十二月底，海冰厚度超过一米，气温也低到零下四十度，用尖铁棒敲冰凿洞的工作非常费力。放好网后，就等第二天来收网。他们像钓鱼似的扯扯吊着网子的绳子，如果有沉甸甸的感觉，就知道抓到海豹了。这时把中央的洞凿开成直径一米左右，捞起被网子缠住的死海豹。海豹不是攻击性动物，但是脾气发作时也能轻易颠覆海皮艇。我起初以为这只是网捉海豹的方法，后来才知道是让海豹缠在网上窒息而死的猎法。

这种猎法看起来没什么技术，其实不然。有人每天放网，一个星期也捉不到一只。有人一张网就捉到两只。仔细观察，技术的高下之分是看在什么地形下网，和冰的龟裂状态及海豹呼吸孔的情况也有重要关系。

在海里有鲨鱼捕食，在海上又有北极熊、狐狸和人猎杀，海豹的生存空间何其狭窄啊！看到它们陷在网中窒息而死的可爱脸庞，不由得心生悲悯。但想到久未尝到的新鲜肝脏又忍不住吞口水，人真的很自私。

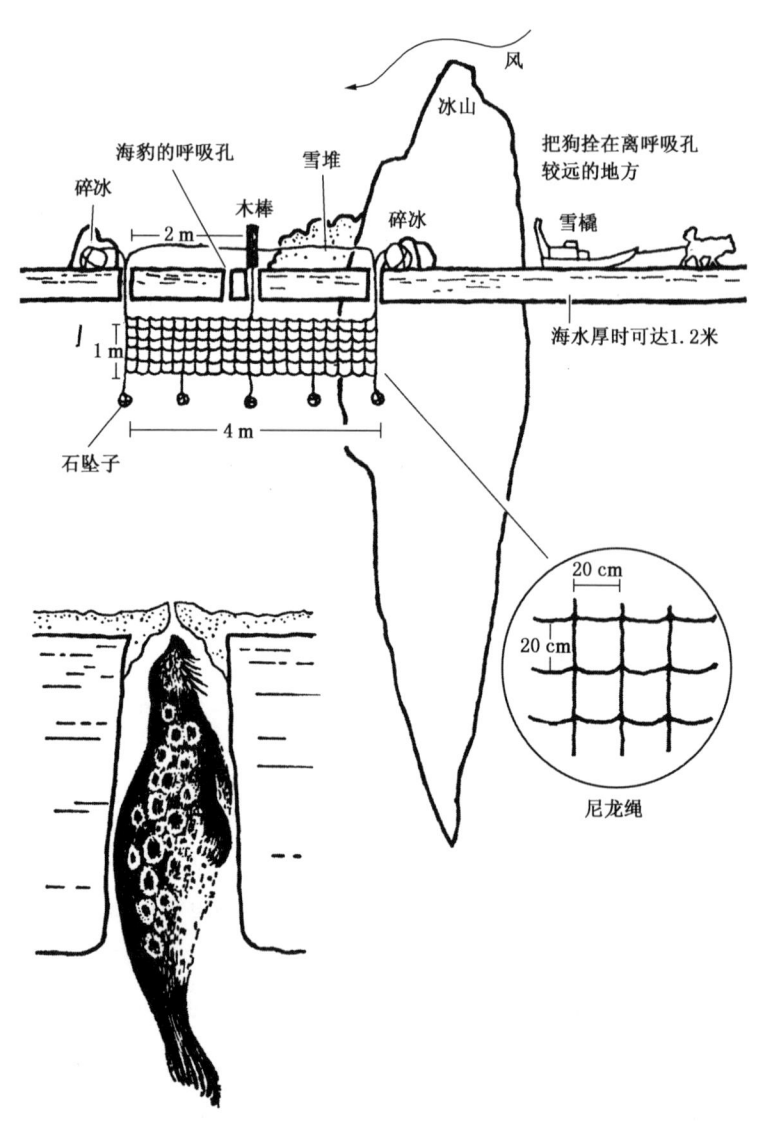

风
冰山
海豹的呼吸孔
雪堆
把狗拴在离呼吸孔较远的地方
碎冰
木棒
雪橇
2 m
碎冰
1 m
海水厚时可达1.2米
石坠子
4 m
20 cm
20 cm
尼龙绳

海豹平常可潜入水中七至八分钟后才回到水面换气，
长时则可潜水二十分钟。

我的雪橇训练计划

第十二章
初到卡纳克

　　我念兹在兹的雪橇之旅定在十一月十四日。生平第一次用自己的狗拉自己的雪橇。目的地是卡纳克。路途七十五公里，是第一次尝试狗拉雪橇旅行的适当距离。海冰厚度已超过十厘米，雪橇也可以跑上外洋。三天前，半数以上的村人都已出发前往卡纳克，村里只剩下老人、孩子和雪橇还没修好的人。

　　出发前夕，我的不安一波波涌来。万一途中雪橇坏了，天候突变让我进退不得，幽暗的夜里海冰突然裂开，掉到海里……不安与期待交织，根本无法入睡。在准备告一段落的午夜三点喝杯热咖啡后，更是睡不着。

　　我只好梳洗一番来打发时间。卡纳克人口四百人，是图勒地区最大的部落。大概有不少年轻姑娘吧！我穿着沾满血污、半年多没洗的衬衫，又污垢满脸，一定很丑。我洗脸刷牙，牙龈有点出血，身心像嚼过薄荷般舒畅。

　　结果一夜没睡。早上九点，户外还是一片漆黑。我先把炊煮用具搬上雪橇，再放上装了柴刀、锯子的木箱。这是万一雪橇坏时用来修理的工具。锅子、石油炉、一公斤砂糖、二十片面包、茶叶，还有两块三十公斤重的海象冻肉。也带了换穿的毛衣、手套、袜子、羽绒服等。海象冻肉放在橇前，盖上驯鹿毛皮，和步枪一起固定好，准备妥当。行李重量全部近二百公斤。

这趟旅行，卡温那的儿子米兹要和我同行。但是约定的时间已过，还没看见他的人影。我通宵没睡，火气难免涌上来。心想既然这一趟是个训练，单独行动反而较好，因为将来去南极时也是我单独一人。于是我决定不等米兹，径自出发。

我穿着驯鹿毛皮外套、北极熊皮裤、海豹皮长靴，跨上五只狗呈扇状拖拉的雪橇，大声发出"呀——"的命令。可是狗都没有开跑的意思。平常伊努特索或卡利一声令下就忠实行动的狗，此刻不管我怎么"呀——呀——"地发号施令，还是跟没事人一样。是因为换了主人就要作怪吗？还是小看我呢？

柯提阳加的太太蕾琵卡和伊米那从窗子露出脸来。

连小孩子都一副来看我本领的表情，千万别搞得灰头土脸啊！我压抑怒气，表面上笑嘻嘻且从容地再次发出"呀——呀——"的命令，但是那些狗还是马耳东风有听没到。我开始用鞭。可是我这一直没练好的技术不可能突然变好。鞭子照旧没有打中狗，反而对准我的脸弹回来。啪！我痛得眼冒金星。小孩子哄然大笑。蕾琵卡和伊米那也隔着窗户在笑。我十分狼狈。想自己推雪橇，但载着两百公斤货物的雪橇纹风不动。

我放弃甩鞭，用木柄一只只捶打狗的屁股。但狗只是哀哀叫，并不往前跑，而且绕着雪橇团团转，绳子都纠结在一起。这个样子怎么到得了七十五公里外的卡纳克呢？而且是独自一人在漆黑的海冰上……可是我现在也退缩不得。我有点想哭。伊米那的孙女丽琪娜觉得我可怜，靠过来帮我一只只鞭打狗，瞬间就做好出发的准备。然后丽琪娜跑在狗的前面叫了一声"呀——"，五只狗一起开步跑。我赶紧跳上雪橇。爱斯基摩人的"呀——"声和我的"呀——"声到底有什么不同？算了，总之能够上路就好。

雪橇发出叭哩叭哩的声音奔驰在蓝蓝的海冰上。平常觉得刺骨的寒风此刻吹在颊上，感到舒畅无比。我完全忘了刚才被孩子们笑的事，兴奋地哼着出征歌谣，仿佛驾着劳斯莱斯一样拉风。

但是风驰电掣的快感非常短暂，离开肖拉帕卢克十公里，来到上次和伊努特索猎海豹的冰山附近，狗群突然转个大弯向来时的路奔去。我是靠丽琪娜的帮忙才出发的，不知道如何命令狗群转向。起先我急着喊"跑反了，跑反了"、"不是那里"，但挥鞭也没效果，最后只有放弃，坐在雪橇上，呆呆望着渐渐接近的肖拉帕卢克部落。

村人看见出发几十分钟后的我又回到村里，全都捧腹大笑。是狗不愿意和陌生的主人长途旅行吗？我如果不能操纵雪橇自如，就别想到卡纳克去。我只好暂停计划，先把重点放在练习驾雪橇上。

我的雪橇训练计划

和米兹一起再度出发

那天中午,我茫然坐在屋前,听到有人叫我。今早应该和我一起去卡纳克的米兹驾着狗拉雪橇过来了。

"Naomi,我们这就去卡纳克,快点准备!"

即使我想去,可是狗不听话,没有办法。

"算了,我的狗不想去卡纳克,今天不去了。"

"你跟在我后面就没问题。今天没有风也没有云,快点准备吧!"

我的心有点活动。我单独去要靠地图和罗盘。但这是米兹从小走惯的路,即使没有太阳,只靠星光,他也像走自家庭院一样熟悉。虽然单独行动有助于训练,但毕竟是第一次雪橇旅行,应该以安全为上。我决定跟他去。

第二次的出发就没那么辛苦了。米兹的狗一开跑,我的狗不用鞭策也拼命追在后头。渡过宽近二十公里的峡湾,来到海岬尖端。九月时烧球式柴油引擎船航过的海如今变成一片大冰原。西方远处的地平线上冒出哈佛岛的踪影。

我拼命鞭策狗群别跟丢了米兹的雪橇。米兹的雪橇比我的短一米,却用了十三只狗。我的雪橇再怎么努力仍然跟不上。每当间距拉大时我就喊着"抠法,抠法"(快跑),明知没用还甩着鞭子。星星在天空眨眼,天色暗得看不清楚五十米外的米兹。米兹数度停下雪橇等待落后的我。

绕到卡基亚岬,正要渡过伊兹达索峡湾时,一辆挂着油灯的雪橇迎面而来，是三天前早一步去卡纳克的卡库。卡库看到驾着五只狗跟在米兹后面的我说："五只狗去卡纳克，很辛苦哩！"我才走到一半。我在冰上摊开地图，问他途中的路线和冰的状况。但是卡库不相信地图，只瞥了一眼就说："这个峡湾的冰有裂缝，要小心，还有不要靠近岸边，在海冰上直直往前走就好。小心啊！"

我突然想到，卡库有十四只狗，回肖拉帕卢克的路也不远。

"卡库，等等，借我两只狗吧？"

"不行、不行。"

"那，一只一百克朗怎么样？"

"两只不行，卖你一只还可以。"

卡库在卡纳克把钱花得一毛不剩，对他来说这是不坏的买卖。在峡湾的大冰原上，我给他一百克朗，换来一只身上套着皮带的狗。卡库的油灯瞬间从我的视野里消失。我必须尽快赶上米兹。米兹放下装在雪橇后面的木箱，泡茶等我。狗群围成一圈蹲在冰上。米兹像是等了很久，身体冷得发抖。

"怎么啦？Naomi，怎么那么慢？"

"抱歉，我跟卡库买了一只狗。"

这一带只看得见附近的冰山，再远就是漆黑一片，什么也看不到。分不出眼前模糊的棱线是峡湾的对岸还是冰山。满天星斗。银河和每一颗星都清楚可见，头顶是特别明亮的北极星。

离开肖拉帕卢克已经四个半小时。昨晚未曾合眼的我真想就地搭起帐篷睡觉，米兹却说二十分钟后出发。一个人被留在

我的雪橇训练计划

这里我会不安，我赶快喝完米兹倒给我的茶。热茶饮入冰冷的身体，味道特别甘醇。暖热的液体通过喉咙，温暖了胃，渐渐扩展到全身。米兹吃了一些我的海象肉，但我只喝热茶就够了。

二十分钟后，米兹再度领前出发。天色暗得连七八米外的狗都看不清，米兹雪橇上那摇晃不定的油灯是我唯一的依靠。但是我的雪橇在峡湾的乱冰群的阻碍下，速度显著下降。海冰被风吹成波状的冰山，如果老老实实地找路走就罢了，可是我的狗不管有没有障碍物，都拼命追赶米兹的狗，不停撞上乱冰群。狗绳缠在冰上。雪橇停下。狗越用力拉扯，绳子越深陷冰里。我只好先让雪橇后退，好拔起狗绳。前进的时速顶多五公里，米兹的油灯不知何时已从我的视野里消失。

我独自被留在肖拉帕卢克和卡纳克之间的伊兹达索峡湾。

这时，我突然想起一九七一年国际圣母峰登山队发生的痛苦回忆。这支登山队在美国的诺曼·迪伦法斯队长的领军下，有来自十三个国家的三十三名队员。日本队员有伊藤礼造和我，我们和英美两国队员一起攀登南壁路线，奥地利、法国、德国、印度、瑞士和挪威的队员则攀登西壁路线。

当时是四月中。我们从高度六千四百米的第二营地再向前进建设第三营地时，印度队员巴夫古纳和奥地利队员渥夫甘两人身上绑着登山绳，一起去勘探路线。但是天候突然恶化，两人放弃勘探路线，要回第二营地。渥夫甘精神比巴夫古纳好一些，下来时已手脚刺痛，明显是冻伤的前兆。但不知为什么，回程中他们两人之间并没有绑上绳子，彼此之间距离逐渐拉大。

渥夫甘独自回到第二营地时，巴夫古纳还在蓝冰陡坡上恶战苦斗。狂风暴雪中，他挤出仅有的声音呼叫渥夫甘。求助声音传到数公里外的第二营地。我们救援不及，赶到现场时，他已经冻死。

　　巴夫古纳是一九六五年的印度圣母峰登山队队员。那时，我是明治大学哥尊巴康峰的远征队员，两队一起入山，我登上哥尊巴康峰后还到圣母峰拜访他。同是圣母峰国际登山队亚洲队员的关系，他是我最亲近的朋友。队员在冰上行动要绑上登山绳保持联系是铁律。我无法了解为什么渥夫甘和巴夫古纳没有绑上登山绳就开始行动。尤其在恶劣的天气下更该注意，非确定绳子绑住彼此、合作行动不可。

　　米兹把没有极地驾驶雪橇经验的我丢下不管，无法不让我想起巴夫古纳的死。但是回头一想，今天早上我不是还决定不和米兹同行吗？不是自以为可以应付所有的状况吗？有了米兹同行，我不需要查看地图、星星的位置和冰的状态，只要跟着他的油灯走就没错。我太依赖米兹了。我又没有给他任何报酬。米兹还数度停下来等我，我应该只有感谢，根本没有埋怨他的理由。

　　我为让心情平静下来，停下雪橇，点燃石油炉烧水泡茶，绑好松脱的狗绳和雪橇绳。我拿出地图，调查现在的位置。我必须从峡湾周围的地形棱线判断，但我完全看不到棱线。从被星星遮断的地平线来推测地形棱线，相当艰难。小憩之后，脸上吃了好几记回马鞭，总算来到峡湾前，眼前出现油灯的光芒。

我以为是米兹在等我，松了一口气，但过去一看，是卡纳克那边来捕海豹的爱斯基摩人。我好失望。但另一方面，又为自己没走错路而高兴地产生自信。将来这个经验在南极一定派得上用场。越过两个峡湾，卡纳克就在眼前。在乱冰之上看到卡纳克的灯光，我就放心了。但一路上还是要不时地解开勾住的狗绳，捶打不想跑的狗的屁股，把我累得筋疲力尽。

最辛苦的是皮鞭缠在狗绳上。我戴着毛线和海豹皮的双层手套，甩鞭时动作没有办法挥洒自如。可是脱下手套，不到一分钟手指尖就冻僵了。这时，我先把手套压在屁股下，将冻僵的手伸进北极熊皮裤里紧紧握住睾丸，好像胯下塞入一块冰，睾丸立刻缩起来，仿佛所有的体温都从睾丸流失一般。我就这样紧握五分钟，等指尖恢复知觉。一路上我反复好几次这个动作。

接近卡纳克时，我的狗发现雪橇的痕迹，立刻加快速度。到达卡纳克时已过午夜两点。离开肖拉帕卢克已经十四个小时。爱斯基摩人八个小时就到了，我却用了近两倍的时间。这是我生平头一遭的狗拉雪橇之旅。虽然累，但平安到达卡纳克的兴奋更大。

夜晚的卡纳克不见人影。我在村边的海冰上搭起帐篷，拿海象肉喂十四个小时里什么也没吃的狗。我完全累瘫了，也没吃海象肉，只喝了一杯茶和两片饼干，倒头就睡。

狗吃屎

第二天，我被帐篷外的嘈杂声音吵醒。我躺在睡袋里，身体冷得僵硬。我用石油炉烤暖身子后，解开帐篷的绳子，打开帐篷门。冰冷的空气流入，帐篷里充满水蒸气似的雾气，什么也看不见。我把头伸出去，一群爱斯基摩人正七嘴八舌地围着帐篷说话。

"哈伊那乎纳咿。"（你们好。）

这些人我都不认识，但都像肖拉帕卢克人一样笑嘻嘻地亲切招呼。

"你从哪里来啊？"

"肖拉帕卢克，昨天很晚时来的。"

"帐篷很冷吧！到我家来吧！很温暖哦。"

穿着棉袍、两手塞在北极熊皮裤口袋里的老人跟我说。即使睡过一晚，仍然没有消除昨天的疲劳，背肌僵痛。我很高兴地接受老人的邀请。果然和帐篷不一样，屋子里相当温暖。冷僵的脸颊痒痒的，像长了冻疮。我脱掉毛皮外套，向老人寒暄。

"你好，我叫 Naomi Uemura。"

"我叫阿纳屋卡。"

阿纳屋卡紧紧握着我的手，一一为我介绍不请自来的村人。

"这位是裴阿历，这是伊多克。这位姑娘是玛丽·亚克维娜……"

阿纳屋卡年过五十，仍然独身，额头已经秃了，剩下的一点点头发留得很长，尽量装扮得年轻些。看到聚集而来的村人中有年轻姑娘时，就说"马马特，马马特"，摸人家的屁股。他的心境还很年轻。这里的人好像也听说了我的事情。捕鲸鱼、猎海豹、野餐摘苔桃、成为伊努特索的养子……他们一见面就像老朋友般亲切待我，或许是这个缘故。

和村人闲聊时，我突然起了便意。如果是在肖拉帕卢克，我还可以大喇喇地在人前蹲在马桶上，可是面对这些头一次见面的村人，心里还是有些排斥。我趁大家不注意时偷偷溜出来，蹲在避人耳目的屋子后面，脱下裤子。零下三十度的寒冷中，我当然没有露出屁股、望着星空拉野屎的优哉心情。偏偏一群狗觑准我的大便，蜂拥而来，吓我一跳。

爱斯基摩犬饥饿的时候会吃大便

卡纳克有很多野狗，也有阿纳屋卡这种不绑狗的人。阿纳屋卡还是独身，这是因为他不去打猎，是村里最懒的人。他靠海象牙和下颚骨的雕刻勉强维生，即使结婚也养不活老婆。他有十五只大狗和五六只小狗，狗必须自力更生，整天在村中游荡。此刻,这些狗想吃我的大便。

狗在一米外围着我,亢奋得打起架来。拉过雪橇的大狗非常怕人,因为被人鞭打捶揍过,即使最喜欢的人粪当前,也不敢靠近人。小狗就没这层顾忌,一只小狗瞅到空当叼起大便就一溜烟窜逃,大狗一起追了过去。

我敢在卡纳克人面前大便是在半个月以后。那时,我也敢一边和卡纳克的姑娘说话一边摸她们屁股或小便了,彼此之间毫无隔阂。卡纳克的姑娘也有人穿短裤和牛仔裤,但是都留着长发。长相和日本人完全无异。她们当着我的面露出屁股发出声音地小便,实在是奇妙的光景。

我走过四十多个国家,从没如此深切地感受到风俗习惯的不同。虽然脑子里知道要"入境随俗",但付诸实行时真的很难。我一开始也很排斥他们的排泄习惯,现在已经完全接受。因此,我说的"和爱斯基摩人一起生活",不只是饮食生活一样,还要加上同样的排泄习惯。

卡纳克附近的爱斯基摩部落

图勒地区最大的村镇是卡纳克,周围散落着六个小部落。幅宽超过四十公里的英格雷峡湾后面的是克魁塔(Qeqertat)部落,我来时途中看到的哈佛岛上的是克魁塔斯瓦克(Qeqertarsuaq)部落(爱斯基摩语中前者是小岛,后者是大岛的意思)。

从卡纳克越过峡湾和冰雪覆盖的一千米高山,是规模和肖拉帕卢克相当的莫利沙克(Moriusaq)部落。卡纳克东南方一百四十公里处是美军的图勒基地。此外,坐落在图勒地区最南端、梅尔维尔湾(Melville Bugt)边的是沙维希威克(Savissivik)部落。从这里驾驶狗拉雪橇到卡纳克需要近一个礼拜,孤独地住着约一百个爱斯基摩人。沙维希威克更往南走,最近的部落也距离约四百五十公里,虽然都是爱斯基摩人,但彼此几乎没有交流。

我驾着狗拉雪橇前往沙维希威克,叨扰他们几天,感觉他们保存着比卡纳克和肖拉帕卢克更纯粹的爱斯基摩文化。我将在后面详细叙述沙维希威克,它和其他部落最大的不同,是男女一比二、一比三的人口比例。有位老人自豪地说他的老婆是第五位。肖拉帕卢克的女人少,打猎技术差劲的卡库拼命想娶老婆,仍难偿大愿。肖拉帕卢克和沙维希威克的生活环境或许有某种差异。

美军的图勒空军基地是北格陵兰唯一的文明地带。基地里有三个全球最大的微波接收器,一个向着苏联,一个向着阿拉斯加,另一个向着美国本土。图勒基地建于一九五四年,当时住在附近三角洲上的爱斯基摩人在美军的协助下,整个部落迁往现在的卡纳克。因此卡纳克以前的名字是图勒。

这个基地在古巴危机时急速膨胀,巅峰时期一万二千多名士兵在此待命。现在除了荒凉冰原上孤立的电波塔和铝制建筑物,只剩两三百个美国人和五六百个丹麦人在此工作。

官方禁止爱斯基摩人和基地工作人员接触。但是爱斯基摩人好酒，很清楚基地里面有很多他们最喜欢的威士忌。美国人也对原始的爱斯基摩文化有兴趣，喜欢海象牙雕刻品，常常和偷偷跑来的爱斯基摩人以物易物。

我在哥本哈根拿到了通过图勒基地的签证，可以进入基地里面。美国人以为北极熊、海豹、驯鹿等毛皮裹身的我是爱斯基摩人，用英语告诉他的同伴：

"喂，爱斯基摩人来了。快去拿一瓶威士忌来。这家伙穿的外套还不错。爱斯基摩人喜欢喝酒，只要是酒，什么都肯交换，快去拿来。"

他们以为我不懂英语，我全都听在耳朵里，暗自偷笑。

莫利沙克部落距这基地仅三四十公里。部落里的爱斯基摩人会到基地的垃圾场捡坏椅子、桌子、卡其色军服回去用，他们身穿美军军服配北极熊皮裤，嘴上叼着美国香烟，自己感觉很帅，可是在我眼中，却是毫无风格、难以形容的凄惨乞丐的形象。

让狗吃鞭子

去程耗费十四个小时的卡纳克初旅，回程只花了十一个小时。对地形、冰况和雪橇知识几乎等于零的我来说，这趟初旅算是成功的。

但当我平安回到肖拉帕卢克，告诉他们我丢了一只手套、一根皮鞭和一根绳子时,他们笑翻了天。

　　我回到肖拉帕卢克后又少了一根皮鞭,在我把雪橇上的行李搬进屋里时,柯提阳加的狗居然把我挂在橇上的皮鞭叼走了。在阿纳屋卡家后面,我的大便就引来一大群狗。把海豹皮做的鞭子随意放置,好像在说随你吃吧,被狗咬走也不无道理。我虽然气那些捧腹大笑的爱斯基摩人,但也暗忖必须再多知道一些极地的事情。

第十三章
雪橇训练第一期计划结束

我根据卡纳克初旅,拟订了今后的训练计划如下:

十一月至一月:每月平均做一千公里的雪橇旅行。但是十一月只剩下一半,因此改为五百公里。从肖拉帕卢克往返卡纳克是一百五十至一百六十公里,来回三趟半就行。十二月时跑一千公里。也是靠往返肖拉帕卢克和卡纳克间来消化。一月以后改变路线,以打猎为主,消化一千公里到一千二百公里,并以肖拉帕卢克往北的路线为主。十一月到一月间完全没有太阳,这个训练应该够严苛。

二月至四月:正式的雪橇训练期间。先从肖拉帕卢克到图勒地区南端的沙维希威克,往返一千二百公里。如果可能,再从沙维希威克南下,把足迹伸展到格陵兰中部的乌帕那维克。这段期间应可消化三千公里。

四月至六月:从格陵兰渡过史密斯海峡到加拿大。再北上肯尼迪海峡(Kennedy Chamel),到达格陵兰最北的莫里斯杰沙角(Cape Morris Jesup),消化近两千公里的距离。

以上是我在格陵兰的狗拉雪橇训练计划，第一期正逢天气最恶劣严酷的时期，就当做训练时期，第二期是做雪橇旅行的记录时期，第三期是享受太阳高挂天空的极地雪橇之旅时期。

　　为了完成第一期计划，我有必要让舒适的居家生活环境变得恶劣一些。因为悠闲地躺在温暖的家中，总是把出发日期一延再延。十二月的某一天，内陆吹起冰冷的风，村里刮起大雪。屋子摇晃得很厉害，让人担心随时会被风吹跑，天花板缝隙不断吹进雾状的雪。我拼命烧大炉火，但是屋子里依旧不够暖和，炉边的湿气立刻结成冰晶。我好想到外面驾着雪橇奔驰。那比待在屋里忍受寒冻来得愉快些。即使觉得冷，只要跨下雪橇和狗并肩奔驰，立刻就浑身暖烘烘的。住得舒服好像对我的训练目标无益。

　　我想在半年之内就学到爱斯基摩人经历数世纪才学会的技术。这实在是如意算盘。但也因为如此，我必须利用所有的机会。一九七〇年攀登圣母峰时也一样。我担任先发的侦查队员，在本队来到前，整个冬天我就住在圣母峰麓的夏尔巴族村里。当然，表面上我是在尽确保向导、搬夫和筹办粮食的任务，其实我有个人的目的，想储备攀登圣母峰顶的体力。我真的想攀登圣母峰。但是三十九名队员都以登顶为目标，不可能全部都上，我能否入选仍未可知。但是，万一……万一这个机会降临到我身上，不论付出什么代价我也要把握住。我在夏尔巴村勤于锻炼体力，为的就是这个。我的机会未必是零。

我穿着登山靴,每天跑六公里高四千米的山路,到峰顶瞻仰白雪皑皑的圣母峰顶,我告诉自己,即使只是一天,我若以艰苦的理由怠惰练习,就可能失去登上圣母峰顶的机会。我继续练跑,虽然不练习也或许有机会登顶,但是我不想没有训练就去登顶。

肖拉帕卢克—卡纳克之间的新纪录

十二月以后,我往返肖拉帕卢克和卡纳克之间的次数渐渐增加。气温已低于零下三十度。爱斯基摩人专心猎杀海豹,我在途中数度和他们的油灯擦肩而过,他们在冰山下呼着雪白的气息,专心架设猎网。

他们怎么看匆忙来去的我呢?对他们来说,驾驶雪橇出门就是去猎海豹,想不通为什么我总是驾着雪橇来来去去却一只海豹也不抓。他们无法了解我往返奔波只是为了练习。每次回到村里,伊米那总是对我说:

"Naomi,卡纳克的女人那么好的话,就带回这里一起住,不是很好吗?帮你弄淡水、洗衣服,就不需要娜托克照顾了嘛!"

我最难过的是让娜托克妈妈担心。她也认真地劝我:"Naomi,即使是爱斯基摩人,晚上驾雪橇也很危险,你这样子总有一天会死掉的,卡纳克那边有事的时候,最好找人和你一块儿去。"

但是无论我怎么说明,他们就是不懂,我也没办法。倒是小孩子的善意让我感到安慰。我从卡纳克回来时,丽琪娜和妮希娜远远听到我的狗叫声,就会帮我弄好淡水,在我屋中烧起炉子等我。

来去多趟后,我的狗群数目增加,用鞭技术也长进不少,不到十个小时就跑完了刚开始需要十四个小时的路程。狗群也不敢打架争咬,分辨得出主人的叫声。我不知不觉间也有了在外洋大冰原上失却方向时还能坐下来喝杯热茶的余裕。每练习一趟,就更加感觉到雪橇是自己的。我也曾在大冰原上度过狂风暴雪的一夜。但我都把这当作是极地的寻常事情,当作新的体验而欢喜接受。

十二月十九日,我家的最后一位客人离去时,我突然起意想去卡纳克。这天是满月,冰原光灿耀眼、冷冽清澈。这么好的月夜为什么要窝在家里呢?我立刻把帐篷和睡袋装上雪橇,午夜两点,向卡纳克出发。

月光明亮,完全不见星星,十只狗全力奔驰在能一眼看到一二十公里外的冰原上。来到伊兹达索峡湾的海岬尖端时,我停下雪橇,泡茶休息。放着这样美好的夜色一口气冲到卡纳克,有点浪费。让狗休息的时候,我没带镐杖也没带冰爪,就去爬旁边标高三十米左右的冰山。狗群半躺着仰望我的行动。我坐在山顶,俯视荒凉的大冰原,从前的记忆一一浮现脑中。攀登世界五大陆的最高峰、单独泛舟亚马逊河、徒步纵走日本列岛,还有横越南极的梦想、乡下的父母……我这样一路冒险、放浪的人生，究竟有什么意义？我的生活方式是否有错？我莫名地感伤起来。

抵达卡纳克时是上午九点，这趟单程走了八小时，又大幅刷新了过去的纪录。我在贸易商会买完东西，让狗休息两小时后，又折返肖拉帕卢克。因为昨晚几乎没睡，不知不觉在雪橇上睡着了。猛然惊醒时已来到靠近肖拉帕卢克的峡湾前。我在雪橇上足足睡了五个小时。幸好是狗群每天往返的冰原，没有迷路，想到可能冻死的危险性，我吓出一身冷汗。

第一期计划结束

来格陵兰以前，我先去南极的贝尔格拉诺二世（General Belgrano II）观测站（属于阿根廷，我横越南极计划的目的地）侦察状况。位于南极点的美国斯科特—阿蒙森① 观测站，夏天的记录也是零下三十度左右。我想，只要能够熬过零下四十度的格陵兰冬天，横越南极的可能性即大幅升高。我尝到了严冬雪橇训练的充实感。

十二月三十日，我总共往返肖拉帕卢克和卡纳克八次，完成一千公里的训练目标。回顾过去，这一年来一切都绕着南极计划打转。一月到二月间是一趟南极侦察行，确认横越南极的

---

① 斯科特（Robert Falcom Scott, 1868—1912），英国海军军官探险家，两次指挥南极探险队，比挪威极地探险家阿蒙森（Roald Amundsen, 1872—1928）晚一个月抵达南极点，死于归途的暴风雨中。

可能性。然后为适应极地气候和雪橇训练来到肖拉帕卢克。目前为止,这两个计划都进行顺利。气候最严酷的一二月让我有些担心,但十二月的目标顺利达成后,我也有了能顺利熬过严酷气候的自信。二月还有更长的训练等着我。为了防备可能出现的粮食不足的状况,我在一月的计划中加入了猎海豹、钓鲆鱼的训练。

第十四章
严冬钓鲆鱼

爱斯基摩人为迎接新年，专心一意地凿开坚厚的海冰猎捕海豹，没想到圣诞节前夕，突然有一笔意外的红利，他们兴奋地边喊着："钱来啰！钱来啰！"边向贸易商会蜂拥而去。

贸易商会收购爱斯基摩人的海豹皮、狐狸皮和兔子皮，也买海象牙和海豹皮编的绳子。但还是以海豹皮为主。分大中小三级，各以约四千五百日元、三千二百日元、二千日元的价格收购。政府以适合的价格贩售出去，所得差价再还给爱斯基摩人。像卡利、柯提阳加那样能干的猎人就有十五万日元左右的临时收入。他们每天拥进贸易商会买东西。柯提阳加帮孙子塔贝买混纺毛衣，帮小女儿妮希娜买彩色衬衫、丹麦拖鞋等。他太太蕾琵卡拿到尼龙丝袜时高兴极了。包装袋封面是金发美女在男人面前伸出穿丝袜的修长的腿。在肖拉帕卢克，根本没有穿丝袜的机会，或许蕾琵卡只是特别喜欢这张照片。

但是最让我讶异的是卡利。他得意扬扬地向村人展示一台日本制造的大型收录音机。村里没有电，因此买了整盒电池，他把法国歌手阿达莫（Salvatore Adamo, 1943—　）的歌声音量扭到最大。卡利对拥有那一按键就突然蹦出声音的奇妙玩意的优越满足感远胜于歌声本身。爱斯基摩人也是基督徒，他们为迎接圣诞节，也买了装饰屋里的各种色纸，乱七八糟地贴挂在天花板和墙上，狭窄的屋子里简直像幼稚园的游艺会场。他们就这样，不到一个星期就完全花光了所有的红利。

一月以后，海冰厚达一米以上，猎海豹必须到冰层较薄的外洋。为了买一月份的酒，他们必须耗费精神做海象牙雕刻，既知如此，当初为什么不省下红利呢？但是"存钱备用"是我们的想法，爱斯基摩人使用金钱还不到半世纪，没这个概念。

爱斯基摩人只以驾驶雪橇追捕海豹的生活为傲。怕冷、不会用鞭的外国人是他们轻蔑的对象。当整个家族驾着狗拉雪橇出门寻找猎物、小孩子哭着说好冷时，父亲就会吼斥他："你是外国人吗？"鞭子甩不好，父亲也会怒斥："你是外国人吗？"在他们眼中，外国人是有钱但孱弱、什么都不会做的无用之人。他们不把金钱当作财产，而只是满足一时欲望的大人玩具。卡利花大把钞票买来的收录音机让孩子们七弄八搞地一下就坏了，可是卡利毫不在意。

有时就尽情花用，没时就恢复本来的生活，对他们来说，钱就只是这样。

钓饵是鳕鱼片

一九七三年元旦，肖拉帕卢克的爱斯基摩人拿着枪聚集在部落后面的山丘前。开年的同时鸣枪庆祝。午夜零时,枪声响彻全村,对岸的群山传来阵阵回声。女人和小孩燃放烟火,互说"新年快乐",然后大开新年宴会。虽是宴会,但也没有什么特别的东西。只有茶和冻肉,但是到彼此家里拜年仍然很快乐。我也到伊努特索爸爸家拜年,娜托克妈妈送我她亲手缝制的棉夹克,卡温那送我海象牙做的狗环。我也送爸爸妈妈他们喜欢的香烟和折叠伞,送卡温那一个吉祥护身符。

一月三日,我不能一直沉浸在过年的气氛里。我进行早就拟订的钓鱼计划。本来第二期计划中并没有钓鱼训练,但是第一期计划意外的顺利,于是在二月的三千公里旅行中增加了觅食训练。

目的地是距离肖拉帕卢克一百一十公里的卡格塔索峡湾。我把钓具、石油炉、帐篷、睡袋等塞进雪橇,奔驰在圣诞节以来还无人行走的往卡纳克之路上。目标距离卡纳克四十公里。我在阿纳屋卡家借住一宿后,准备和卡辛加、大岛育雄会合前往目的地。大岛育雄是我从日大登山社时代以来一直密切联系的二十五岁冒险青年,我到肖拉帕卢克三个月后,他也赶来与我同住。

出发那天,我和大岛准备妥当,等候卡辛加,约定的时间过去,还不见卡辛加的人影。我等得不耐烦,跑到他家找人,一看情况便决定放弃。他又喝得醉醺醺的了。

卡辛加和他太太巴丽卡披头散发地坐在床上,红浊的眼睛瞪着探头进来的我。床前的箱子上滚着几个空啤酒瓶,他们手上则抱着威士忌的瓶子。卡纳克的贸易商会今天开张，他们立刻买酒过节。"日本人，威士忌，马马特。"说着，挥挥手上的杯子，杯子里的酒一半都洒出来，他也不在乎。他根本忘记了昨天的约定。就算他要去，我还得拒绝他。因为教他钓鱼的要领很难，我原来打算实际示范就好，现在他醉成这副德行，要等他酒醒，不知道要几天。于是我决定只和大岛两人出发。

这条路线我是第一次走。我靠着阿纳屋卡画的地图和罗盘前进，因为涨潮的缘故，冰层到处都有裂缝，我们不易前进。雪橇数度冲入乱冰群里而打转，四五公里的路花了两个小时以上。绕过最后的大岩壁、到达目的地时，满身的汗都冻结得行动不便。我们立刻准备下网。因为离开肖拉帕卢克前夜喂狗吃了海象肉后，到今天为止整整三天没再喂它们。这一趟路是假设三千公里行程中食物告罄时如何觅食而做的计划旅行，因此没有携带海象肉。不仅狗没食物，我们也一样。有的只是饼干、砂糖、咖啡而已。我们立刻准备钓鱼。

大岛用铁棒在冰上凿洞，我把狗绑在离雪橇较远的地方，让它们咬不到钓上来的鱼。然后搭起帐篷，点燃石油炉烧开水。大岛在一米厚的冰上奋力挥棒，额头冻结的汗水像冰柱般垂下来，黏在驯鹿裘皮的帽子上，三十分钟后终于凿开一个洞。

我们先在钓绳的前端绑上拳头大的石坠子和纵横四十厘米、五十厘米的白铁皮板。然后每隔两米系上五十根钓钩，再挂上一个石坠子。最后将这长一百米的钓绳接上五百米长的缆绳垂到海底。

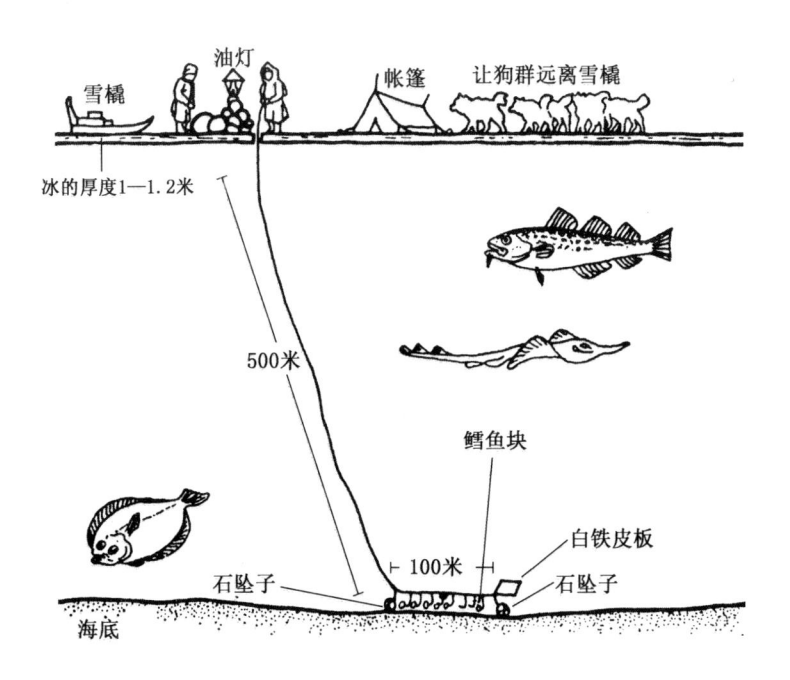

图中标注：
- 雪橇
- 油灯
- 帐篷
- 让狗群远离雪橇
- 冰的厚度1—1.2米
- 500米
- 鳕鱼块
- 白铁皮板
- 石坠子
- 100米
- 石坠子
- 海底

钓饵是我烧热水解冻的鳕鱼片。这个钓绳放进洞里需要一点技巧。最前端的铁皮板不能垂直放下，要让板子在海中漂游拖着绳子。当铁皮板落到海底后还要继续放绳，等到第二个石坠子也到达海底时，也就是一百米长的钓绳都躺在海底时才把缆绳绑在冰岩上。

接下来只有等待。第一次起绳是在三小时后。大岛扛着缆绳慢慢拖离洞口。缆绳加上钓绳总计六百米的绳子又沉又重。大岛拖了七八十米后，轮到我捞起绳子向反方向拖。两人这样轮流几次。沾到海豹手套的海水立刻结冰，如果不随时摆动双手，立刻就会形成抓着缆绳形状的冰手套。可能钓到鱼的期待让我们奋力不懈。

我的雪橇训练计划

"植村兄,缆绳都拉起来了。"

听到大岛的声音,我奔到洞旁。真的会捕到鲆鱼吗?我们慢慢起绳。尼龙钓绳慢慢出现在油灯的光线下。第二根钓钩、第三根……第十根、第十一根……"都没钓到,这底下真的有鲆鱼吧!"大岛失望地说。第十八根、第十九根……钓钩就和放饵时完全一样的状态陆续被拉上来。钓饵沾着泥沙,应该有落到海底,但是毫无鱼咬过的痕迹。我有点不安,这冰冻的三四百米深的海底真的有鱼吗?

就在大岛嘀咕"一条也没钓到,爱斯基摩人是不是骗我们的"时,洞里突然浮起一个黑块。大岛大喊:"钓到啦,钓到啦。"是条全长五十厘米的灰黑色鲆鱼。赶紧把它丢在冰上,它的腮立刻结冻,口张开两三下就僵硬不动了。第一次下绳,花了三个小时,总共只钓到两条,我们不太满意,不过可以确定这冰下是有鲆鱼。我们数度把手塞进胯间握住睾丸暖手,准备第二次下绳。

狗群一看到鲆鱼,立刻杀气腾腾。可是两条鲆鱼对十只狗来说实在太少,更糟的是,它们得等下一次钓到的鱼吃,这两条我们两人先享用了。鲆鱼体型像是大型鲽鱼,清炖后鱼身支离破碎,但足够温暖我们冷透的身体。

看见极光

我独自乘坐木筏沿亚马逊河而下时,也是每天钓鱼。一九六八年四月到六月,我乘着木筏从秘鲁安第斯山(Andes)

的亚马逊河源头独自划了六千公里到大西洋岸的马卡帕（Macapá），副食几乎都是鱼。我在长四米、宽三米的木筏上，用椰子叶搭个篷顶，每天钓鱼度日。我用香蕉片和鱼头，兴致勃勃地钓鲶鱼、两米长的亚马逊鲱鱼和食人鱼等。钓时不像这里那么大费周章，只要五米的钓绳和鱼钩即可。从上游到中游部分，食人鱼特别容易上钩，但是钓上来后拆鱼钩之前必须先把它砸死，否则相当危险。有一次我拆鱼钩时，它锐利的嘴像刀子一样咬掉我的食指尖。我以前也看到过食人鱼噬咬牛只的纪录片，没想到真的是这样。从那以后，我都先把它砸死后才料理成餐。

通常我会立刻剖开鱼腹，取出内脏丢掉，把鱼身放到篷顶上，三个小时就晒干了。然后用河中捡来的浮木生火，把鱼煮来吃，食人鱼的肉没有小刺，肉质紧绷又有弹性，真的很好吃。那时我总是把全身脱个精光。虽然被蚊虻咬得浑身红肿，还是舍不得辜负那舒适的阳光，不肯穿上衣服。那段时间我的饮食就只有粗简的香蕉和鱼干，但感觉相当豪快。

在大冰原上钓鲱鱼，虽然没有蚊子攻击，但有冻伤的危险。我们不能像在亚马逊河那样悠闲。在燃料用尽的第三天，我们也结束了钓鱼。总共凿了两个冰洞，大大小小共抓到二十三条鲱鱼。对这技术完全外行的我们来说，这个成绩不错啦！狗不算吃得很饱，每三只分享一条鱼。

最后那夜，从南方到东方的星空上出现带状的极光。是因为接近极点的关系吗？极光没有颜色，像白云流过天际。像探照灯般摇动流转。我和大岛一直凝望天空不动。

我的雪橇训练计划

第十五章
加拿大国境的狩猎生活

在冬天的肖拉帕卢克，听到狗的远吠，感觉无限悲凄。尤其是刮大风的日子，峡湾深处传来像是小猫的凄切叫声，那是冰下的海水生波、裂开的冰块彼此倾轧推挤的声音。爱斯基摩人称之为"凄米亚特"。狗一听到这声音，立刻随之呼应，一只接一只地开始远吠，到最后，整个村的数百只狗一起唱和。那声音乘风回荡在后山，久久不去。每次听到那声音，我总有一种说不出的哀伤感觉。

不论气温多低、风雪多大，狗都绑在屋外。那等忍饥耐寒的模样何其悲哀。有一天，后山的冰帽才刚罩上菇状的雾气，随即刮起猛烈的强风，整个村子陷入暴风雪中。天空虽然星光灿烂，但因为低气压的影响，内陆吹来的冷风夹着细雪吹得人睁不开眼睛。那时候，狗都背对风，缩着身体像死了一般忍耐风雪。

暴风雪停止后，我开门出去，平常总是仰头看我的狗都埋在雪里不动。而且有三只不见踪影。我循着狗绳挖开积雪，原来它们整个身体都躲在雪下御寒。这情景让刚刚在屋里烤火取暖熬过风雪的我有点愧疚。我的狗都平安无事，但是卡库恰的狗冻死了两只。连爱斯基摩犬也会冻死吗？如果我驾雪橇出门，途中遇到这样的大风雪怎么办？就算我幸运存活下来，但是狗死了，我也不能行动或去猎捕海豹。每次听到凄米亚特和狗的远吠时，我总是想起那两只冻死的狗，心情为之一黯。

远征加拿大国境

肖拉帕卢克的村民一过完年又开始为钱发愁。圣诞节前领的红利早已花光，附近的峡湾冰层太厚，也没办法下网抓海豹。这时他们就把所有的家当装上雪橇、全家到加拿大边境去找寻猎物。他们渡过距离肖拉帕卢克五十公里的海岬尖端，再往西进三四十公里，到达皮特拉斐，就以该地的共同小屋为根据地，在方圆五六十公里的范围内猎杀海豹、兔子、海象和狐狸。猎物累积到一定程度后就派人送回肖拉帕卢克，换买饼干、砂糖、红茶和咖啡。他们持续这样的生活一个多月。我也跟着他们一起留在皮特拉斐。

隔着史密斯海峡，对岸就是加拿大领土的爱斯米尔岛（Ellesmere Island），岛上的群山在星光下发出微弱的光。距离此处六七十公里的外洋，冰层极薄，可以看到冰下的海水。雪橇跑过上面，冰层就出现裂缝，在海豹呼吸孔旁架枪等待时，脚下的冰层也在缓缓起伏。为了完成第二期计划，我精力旺盛地跑在爱斯基摩人前面。又为了学会狩猎技术，多次参加猎杀海豹和兔子。我去哥本哈根拿进入格陵兰的签证时，格陵兰省的官员拉森对我说：

"你要和爱斯基摩人一起生活，最好准备消磨时间的玩意儿。因为冬天长达半年，不会打发时间的话，人会疯掉。"

我于是买了格陵兰的参考书籍和不曾用过的刺绣工具。拉森不是为恐吓我而故意夸张。卡纳克的行政官和贸易商会的职员都是丹麦本国派来的公务员。行政官布洛切细心照护不能工作的爱斯基摩贫困老人，但还是坚守扭开水龙头热水就来的本国生活，上班以外的时间都留在家里，几乎不和爱斯基摩人交流。据说在格陵兰南部，每年冬天都有数十人因精神焦虑而被送回本国。但是拉森的忠告对我完全没用。我连日连夜应酬访客，驾着雪橇到处跑，连写日记的时间都没有。特地买来消磨时间的书和刺绣工具始终没有打开包装纸。

从十一月到一月，我总共完成肖拉帕卢克—卡纳克间一千九百五十公里、肖拉帕卢克—图勒基地间三百五十公里、肖拉帕卢克—卡格塔索峡湾（钓鲆鱼）间二百五十公里、肖拉帕卢克—皮特拉斐间（三趟）二百五十公里，以及皮特拉斐方圆三百公里等训练旅程，总公里数达三千一百五十公里。这还只是主要旅途的部分，实际上我跑的路途更长。

雪橇独行三千公里

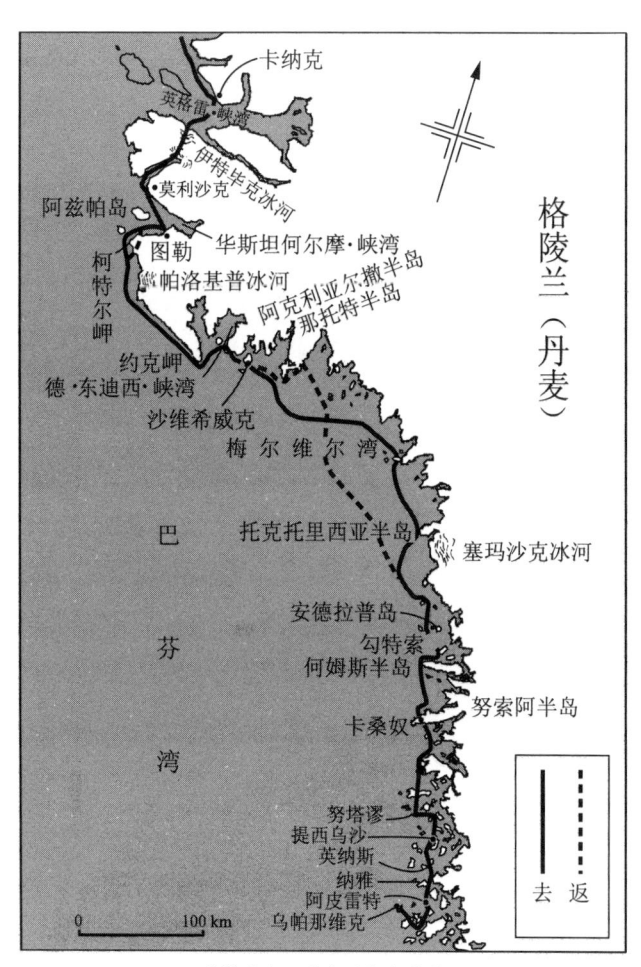

雪橇独行三千公里行程地图

我的狗最多曾达十二三只，匆忙往返于肖拉帕卢克和卡纳克时，则只有四五只。

第十六章
从肖拉帕卢克到图勒

二月四日

往返肖拉帕卢克到乌帕那维克间三千公里的日子终于来临。我改用爱斯基摩人的雪橇。我原来的雪橇滑板塑料剥落，滑行不顺，不适合长旅，于是和柯提阳加的交换。爱斯基摩人的雪橇重量达八十公斤，是我的雪橇的四倍重，滑板钉上厚两三毫米的铁板，非常结实。长三点五米，宽一点二米，即使滑上冰和岩石群、爬越无冰的煤炭山时也十分耐磨。雪橇上装载的东西如下：

五块海象肉共一百五十公斤。十天份的干面包、砂糖、茶叶和人造奶油等。两个石油炉、铁棒、木棒、锅子、柴刀、菜刀、锯子、驯鹿皮垫、狗身套带、绳子、锉刀、砂纸、箱子、十六厘米照相机、三十五厘米照相机、底片、睡袋、帐篷、驯鹿皮裘、北极熊皮裤、三副手套（海豹皮、驯鹿皮）、海豹皮靴、袜子，以及步枪。

总计三百公斤的行李要让十只狗拉着奔驰十到十五天。粮食看起来少了点,我打算途中再做补给。之前的狩猎训练应该可以派上用场。我没有告诉任何人这个计划,因为可以想见会遭到劝阻。我只是不经意地问伊米那有关南方的情况。那里是古老的猎场,他曾到过梅尔维尔湾,他告诉我南方的深雪和软冰的危险,哀悼一个同伴落海死了。他做梦也没想到我有这个计划。

十一点,在偶尔来村里看我的大岛君的目送下,我朝卡纳克出发。在伊兹达索峡湾突然遇到伊米那和他儿子卡辛加,告诉我一个不太好的消息。

"Naomi,你带这么多行李要去哪里?"

既然已经离开肖拉帕卢克,告诉他们也无妨。可是我还是不敢说要去乌帕那维克,只说要去比乌帕那维克近多了的沙维希威克。

"我想花两三个礼拜的时间去沙维希威克。"

"你一个人吗?我看还是算了吧!昨天在卡纳克听说,三台往沙维希威克的雪橇在图勒基地前就不能动了。"

卡辛加也接着说:"没错,而且约克角(Cape York)的冰全被昨天的暴风雪吹走,雪橇过去很危险哩!"

我好失望。

乌帕那维克比沙维希威克还要远一千公里,必须穿过梅尔维尔湾沿岸的无人地带。现在约克角和图勒基地附近就已经是这种状态,该怎么办?在二月做加拿大和北极海之旅,对我来说还很勉强。我能够驾驶狗拉雪橇走完三千公里的,就只有这条往乌帕那维克的路线。再说,我都已经出发了。

"伊米那,谢谢,我还没决定要不要去沙维希威克,如果不行,我就在卡纳克附近钓些鲆鱼回去。"

"是吗?早点回来啊!"

两台雪橇在我眼前消失。到达阿纳屋卡家时已晚上九点。不知是因为雪橇太重,还是我的低落情绪感染了狗群,比平常多花了两个小时。

二月五日

去见上个月底就来到阿马乌纳力家的伊努特索爸妈,想拿拜托娜托克妈妈帮我缝制的狐狸皮裘。可是他们两人都罹患流行感冒,狐狸皮还没动刀剪。阿纳屋卡和来时途中碰到的卡辛加都咳得很厉害,吐出黑色的痰。卡纳克可能正爆发流行性感冒。我这趟路一定要带上狐狸皮的连帽外套,虽然有点担心,还是留在卡纳克几天等外套完成。也顺便趁这机会了解一下图勒周边的状况。

二月六日

外套还没做好。伊努特索爸妈感觉好像舒服了些,抱着一大瓶葡萄酒猛喝。伊努特索爸爸兴致很高,不停地说:"这是我儿子,来!你也喝!"爱斯基摩人几乎不给别人喝自己的酒,连夫妻间也一样。那么珍贵的酒不停地给我喝，可见伊努特索爸爸多么喜欢我。

晚上，我估计他们酒醒时，赶去阿马乌纳力的家，只见他们憔悴地躺在床上。我让娜托克妈妈坐在床上，帮她按摩肩膀三十分钟。

"舒服一点吗？"我问。

娜托克妈妈眼中含泪："阿彦基拉、阿彦基拉（非常舒服）。伊努特索，你也让 Naomi 揉揉看，感冒的难过全都消失了。"

伊努特索爸爸的背部结实得不像六十七岁的人。

"Naomi，很舒服哩！卡纳克的那柯呼萨（医生）只会开药丸给我们，才不这样摸我们，Naomi 是比那柯呼萨还好的那柯呼萨。"

这天晚上伊努特索爸爸非常高兴，送了我一只狗。这下我有十一只狗了。

二月八日

我想了解一下图勒基地和沙维希威克周围的状况，向村人打听，每个人都说危险，劝我打消念头。但是我心已决，曾经越过沙维希威克追捕北极熊到梅尔维尔湾附近的卡辛加，暗示如果我肯雇用他就跟我同行，可是我不改独行的初衷。我当然十分清楚此行的危险，但我如果不能直接面对、突破这前所未有的经历和严酷考验，我如何去横越南极呢？海冰的裂缝、大风雪、暴风雨、零下四十度、北极熊——这些生死一线间的经验，不正是我深入极地的目的吗？

但是再怎么小心，要是一去不还，造成许多人的困扰，也是毫无意义。本来，"冒险就是生还"。于是我向阿纳屋卡买了两只狗，添加备用皮鞭，以期准备万全。娜托克妈妈帮我做的狐狸皮裘已经完成，剩下就只等出发了。但是天候不如预期，我焦灼地等待天气转好。

二月十二日

天气还没有恢复。今天是我三十二岁的生日。爱斯基摩人生日时都会准备玛塔（结冻的生鲸鱼皮）、奇维亚（塞在海豹肚子里的小鸟）和茶水请客，但是我无能为力。因为没钱，所以没告诉任何人。

流行感冒在卡纳克村肆虐，全村的人几乎都躺在床上。病源好像来自一百公里外的美军图勒基地。先是去以物易物的莫利沙克人在基地感染病菌，带回村里，全村六十多个人通通感染。几天后，莫利沙克的人到卡纳克，卡纳克人全遭感染，我来途中遇到的伊米那父子又把病菌带回肖拉帕卢克。美国空军带来的流行感冒，只要一个星期，就像推骨牌似的席卷了北格陵兰一带。不只是感冒，性病的流行速度也快。住在病菌极少的极北地区的爱斯基摩人对流行病的抵抗力或许特别弱。

二月十四日

上午十点半，被绑在卡纳克十天后，总算可以出发了。雪停的天空就像吹过圣母峰顶的喷射气流般冷冽清澈。昨晚用砂纸磨过的雪橇在蓝色的海冰上呼啸奔驰。我终于踏上前往乌帕那维克的漫漫旅途。这趟旅途我只告诉大岛一个人，因为我不希望让人担心，另一个原因是我也没有能到达乌帕那维克的自信。我暗自决定，此行不必勉强，随时可以回头。

我虽然有壮烈的南极计划，但这也只是对"想做"的可能性的挑战。"做"和"想做"是两回事。目前为止，我还没"做"到横越南极大陆的计划，纵使这个计划可能，只要还没出发，就不能用"做"这个字眼。

气温比我出发时更低，零下四十四度。我把雪橇停在英格雷峡湾正中央，准备射击要攫食狗粪的乌鸦，但只听到"咔嚓、咔嚓"的声音。因为扳机的油冻结了。如果这时候窜出一只北极熊，那该怎么办？

离开卡纳克四个小时，来到注入英格雷峡湾的伊特毕克冰河的末端。越过这条冰河是第一道难关。

我先点燃石油炉，喝杯热茶。石油冻成黏稠的色拉油状。相当冷。我再用砂纸摩擦雪橇的滑板。

要越过这条冰河，必须攀越约十公里的上坡和滑下约十五公里的下坡。河床上冰河携带而下的堆石磊磊。经过这宽约两公里的堆石地带，就是蓝冰的裂隙地带。坡度陡的地方有三十五度，攀越非常艰难。但是我曾经单独攀越过一次，路线大抵记在了脑子里。还不成问题。

虽然如此，通过堆石地带并不轻松。我稳住不时打滑的雪橇，呵斥狗群，来到陡坡下时已满身是汗。狗喘着大气，躺在冰上。它们呼出的气息立刻冻成霜柱围在脸的周围。狗老大康诺特是只黑狗，此刻一身雪白。我让狗暂时休息后，立刻攀登最陡的坡面。如果途中有几只狗脚底打滑，雪橇就可能滑落一千米下的河床中。我拿出止滑链代替皮鞭激励狗群。狗拉着三百公斤重的雪橇爬上滑溜溜的陡坡。脚底打滑的狗好几次滚到我的脚边，我立刻挥链驱赶它们。如果是两三人同行，一人控制雪橇，一人驱策狗群，还能轻松些，现在全靠我一个人来，

和十二只狗一起展开往返三千公里之旅

相当辛苦。结果花了三十分钟才越过这个难关,我却感觉像花了好几个小时。

爱斯基摩犬的确耐得住被操控。当然在这种地方稍微松懈,瞬间就会滑落冰河一命呜呼,它们不坚持不行……但是狗这么拼命坚持,并不是怕滑落,而是怕后面拿鞭子驱赶它们的人。狗似乎都知道自己如果没用,立刻会被宰杀。对狗来说,没有什么东西比人更可怕了。爱斯基摩犬像日本狗,绝对不会对着人吼叫、呻吟或撒娇。我记得在卡纳克时,小孩去逗被绑的狗,结果脚被咬了,那只狗立刻被主人吊在木框架上宰杀吃掉。能否平安无事地越过这急陡的冰河斜坡,端系于平常让不让狗看到你的怜恤表情。

冒汗的身体立刻透冷,狐狸皮裘下的汗冻结了,每次晃动身体时冰片就啪啦啪啦掉下来。

二月十五日

今天走平坦的海冰。我看到了暌违四个月的太阳。途中数度看到岩山顶灿烂耀眼的阳光,绕过左岸的大岩壁的瞬间,又大又红的太阳正浮在峡湾入口的水平线上。我高兴地大喊:"太阳,太阳。"在雪橇上高举双手欢呼。冰冷漆黑的世界里突然射进一道温暖的光。冷还是一样冷,我连按几次十六厘米照相机的快门,因为冻住了,按不下去。太阳像脸盆似的在水平线上从左到右缓缓移动,一个小时后,再度消失在水平线下。连狗群也没精打采的。

深夜时到达莫利沙克部落。

莫利沙克的规模和肖拉帕卢克差不多。不远处美国基地的灯光闪烁。我去打扰和我同年的伊透柯。

二月十六日

我驾着伊透柯的雪橇去猎海豹。莫利沙克一带的海冰多是新冰，冰上有裂缝，裂缝上又覆盖着一厘米厚的雪。

这里的海冰总是在晃动。到处都有被雪覆盖的裂缝，表面上完全看不见，雪橇驰过时突然一沉，吓得我背脊发寒。

今天的猎海豹行动有点令人失望。以前在肖拉帕卢克练习多次，但今天怎么做都不顺。

我拿枪守在呼吸孔旁边，脸和手都冻僵了，对着冒出洞口的海豹要扣扳机时，手却不听使唤。子弹掠过洞口，海豹瞬间消失了踪影。十二月和一月时到过加拿大那边，收获还不少，没想到二月是这么冷。我这趟南行的粮食有部分是寄望于猎到海豹。今天的失利让我有点不安。

我留在莫利沙克，和伊透柯去打猎，想拉他同往南行。

他很老实，浓眉，体格魁梧精悍，看起来很可依赖。

"怎么样，伊透柯，和我一起去旅行吧？"

"到梅尔维尔湾猎北极熊，是可以去哦。"

"我打算去乌帕那维克，可以陪你到半路。"

伊透柯对我的邀约很感兴趣，可是比他年轻十多岁的太太反对。通常，爱斯基摩人很少老婆当家。肖拉帕卢克的卡利等人，才不受老婆左右，喝醉回家还对老婆拳脚相向，十足的大男人。但伊透柯在老婆面前，连和村里的年轻姑娘说话都不敢。

我没说服伊透柯，又遇上倒霉事。绑在门口的十三只狗中有一只不见了。系狗绳还在，可能是咬断套身皮带逃走。我在黑暗中一只只检查，知道逃走的是向塔奇阳加买的红狗。它老是受同伴欺侮，大概受不了而跑。想到今后的旅途，不但一只狗也少不得，还要增加几只，于是我动员全村的小孩到村中的四五百只狗中搜寻，还是没有找到。

二月十七日

晴朗，气温零下三十八度。向图勒基地出发。走前再次搜寻失狗，结果还是一样。

下午两点，对失狗已经绝望，十二只狗拉的雪橇载着三只海豹和二十五公斤的鲨鱼肉，在伊透柯的目送下出发。今早还在说服伊透柯同行，但是他的决心不变。

雪橇完全不滑，时速顶多十公里。我查看雪橇的滑板，今早才磨过，没有一点伤痕。十二只狗也拴得好好的，没有一只偷懒。就连向来爱偷懒的卡温那狗兄弟也鼻喷白气地拼命拉着。但雪橇感觉就像走在沙漠上。出发已经一个小时，还看得到莫利沙克村里的烟囱。

只少了一只狗，就有这么大的差异吗？为了小心起见，我测量一下气温，终于了解了原因。气温更加下降，已到零下四十二度。我已有过多次经验，温度一旦低于零下四十度，雪橇滑板即钝化。我停下雪橇，喝杯热茶，数度浇水在滑板上，让它结上二毫米厚的冰。这样，雪橇的滑度稍为好些，但还是追不上我跑的速度。我好几次跨下雪橇跑在狗的前面。鼻头冻伤的水泡一接触到冷风，像被火钳子打到一样痛，撑不到二十分钟立刻躲回雪橇上。

出发五个小时后看见前方有灯光。是美国空军图勒基地。下午七点，终于抵达基地灯光照射下的爱斯基摩人共用小屋。小屋建在离基地两公里的海岸边，比我在肖拉帕卢克村的房子大一点。这是为爱斯基摩人和基地接触而建的地方。我把狗绑在海冰边，拿着睡袋和石油炉去敲门。狭窄的屋子里挤满了爱斯基摩人。

"古达！"（大家好！）

"哈伊那乎纳咿，日本人！"（你好，怎么样？）

"伊康那特、伊康那特。"（好冷，好冷。）

众人邀我入内，坐在煤炭炉边。五坪大的房间里一半是床、一半是泥土地，炉子就在入口旁。里面有十四五个爱斯基摩人，挤得脚都没处放。

海豹肉和马桶都挤在这个小小的空间里。一不小心可能吃到大小便调过味的肉。都是见过的熟面孔。卡纳克的一家四口、九月才结婚的莫利沙克的年轻夫妻……

他们多半是为了和基地军人交换酒、香烟、巧克力而来。当然是以物易物。从莫利沙克来的阿尔拿着一块小指尖大的矿石，沉甸甸的，闪着鲜艳的金光。我听行政官说过，基地附近有砂金，心想这或许是金块。

"乎那屋纳？"（这是什么？）

"乌多嘎呀，乌多嘎呀。"

乌多嘎呀是星星的意思。是陨石吗？如果是陨石，应该带有磁力。我把矿石靠近手表，果然，紧紧地贴在手表上。

"哪尼，乌多嘎呀，陪卡波？"（这石头哪里捡的？）

"阿巴尼，阿巴尼。"（很远很远的地方。）

我详细追问，他说是在内陆深深陷入地面的一个大石块上削下来的。那石头和周围泛黑的岩石颜色不同，他觉得奇怪，所以带回来，并且说那石头硬得差点砍坏斧头才削下这么一小块，非常辛苦。如果我去不成乌帕那维克，倒想去那里看看。

"阿尔，你想交换什么？"

我心里盘算，如果他开价不高，我就买下来，假装漫不经心地问。

阿尔伸出拇指和食指："威士忌，两瓶。"

"这么小的东西换不到吧？"我说。

但是阿尔很有自信。我有点愧疚地拿出电晶体收音机，因为这东西不是这趟旅行的必要物品。

"阿尔，用这个和你交换怎么样？"

我以为阿尔马上会答应，没想到他断然拒绝："威士忌，阿彦基拉。"(威士忌最好。)他好像做过这种交易,美国军人也想要这东西。

爱斯基摩人准备的交换品有麝香牛角、旧箭矢、第一位到达北极的皮瑞①使用的望远镜等等。也有很多图勒基地附近的岩石区采来的肥皂石加工品。以前爱斯基摩人用这种石头加工成锅子、烛台,现在多半改用丹麦进来的金属制品。于是现在用这些石头雕刻海豹、人偶和北极熊,换取烟酒。

爱斯基摩人猎杀鲸鱼和海豹的严肃姿态,和用锉刀研磨膝上肥皂石的细腻模样,都充满朝气而美丽。但是他们醉醺醺地拎着威士忌酒瓶的样子,活脱是即将毁灭的民族写真。究竟哪一个才是真正的爱斯基摩人?

午夜三点过后,各自找位子躺下。带着婴儿的夫妻一躺下来,旁边的人只好头脚交错地跟着睡下。挤得一塌糊涂。只有我带睡袋,因为太挤,摊不开来,只好和他们一样穿着驯鹿皮衣躺在睡袋上。

喝醉的老爷爷鼾声如雷,让我辗转难眠。偏偏睡在最里面的新婚夫妻又窸窸窣窣地做起来。年轻单身的我更是难以忍受。我想偷瞄一眼,但这时翻身好像很奇怪。我轻轻睁开眼睛,跟我鼻对鼻而卧的十三岁男孩正张着大眼睛,吓我一跳。我们视线相对,微微一笑。我以为大家都睡了,其实不然。每个人都

---

① 皮瑞(Robert Edwin Peary,1856—1920),美国北极探险家,三次探险,最后于一九〇九年成功到达北极。

竖起耳朵听着，连老爷爷的鼾声也戛然而止。爱斯基摩人的房子没有隐私，要是在意别人的眼光，根本不能做爱。孩子们也都眼睁睁地看着大人的性爱过程，大人则竖起耳朵听着，脸上假装不知道。

行为大概十分钟便结束。完全没有声音，只听到激烈的呼吸声。结束后不到十分钟，那丈夫便鼾声大作，老爷爷也呼应似的打起鼾来。我因为亢奋和噪耳的鼾声，一直睡不着。

二月十八日

太阳一上升，铝制营房并列的基地全貌尽收眼底。阴暗的十一月来时，只靠基地的灯光看不清楚，现在则连营房上的号码牌都看得一清二楚。卡其色的军用卡车在营房前来来往往，就像漫步在安克利治街头。

肯尼迪总统任上古巴危机发生时，图勒基地的部队膨胀到一万二千人，是格陵兰总人口的三倍，处在随时待命的非常态势。

爱斯基摩人就在基地外以异样的眼光守望不断飞来的巨大飞机。

我拿到朋友寄到基地的信。圣母峰国际登山队的挪威队友奥德、在哥本哈根招待我的班德生夫妇，以及从前一起攀登勃朗峰的佐藤久一郎。七十多岁的佐藤先生坚持和认真的态度，对差点忘掉初衷的我是无言的忠告。还有日本登山界的前辈、朋友——我总是一读再读这睽违数月的来信。关心我的人这么多。我绝对不会发生意外，我再次这么告诉自己，写下这封信。我接着要展开前往距离图勒一千多公里的乌帕那维克之旅。这是只有十二只狗相伴的危险之旅。这一趟要走的格陵兰西北海岸，除了二百五十公里前的沙维希威克部落和更往前四百五十公里的乌帕那维克地区最北端的小村落外，其他都是无人地带。如果慎重行动，这趟旅程应该能成功。我无法预计什么时候到达乌帕那维克，抵达后定当立刻报知。

二月十九日

图勒基地附近遭逢猛烈的暴风雪侵袭，延迟出发。

二月二十日

暴风雪还是没停。小屋里充满酒臭和烟味，呼吸困难。阿尔如愿以偿，用陨石换到了红牌的"约翰走路"威士忌。

第十七章
从图勒到沙维希威克

二月二十一日

  正午，暴风雪总算停息，从图勒基地出发。前面是一片完全未知的世界。华斯坦何尔摩峡湾的海冰平坦，也几乎无雪，雪橇顺利行进，但是来到阿特尔岬时遇上乱冰群，速度显著降低。雪橇前后上下左右晃动，前进困难。花了三个小时才绕过五公里左右的岬角，已是太阳沉入地平线的下午四点半。

  板状隆起的冰块后面突然有黑影跃入眼帘。是两台猎捕海豹的雪橇。我松了一口气。

  "古达。"（大家好。）

  "你是谁？"

  "日本人。"

  "带这些东西去哪里？"

  "沙维希威克。"

  "和谁去？"

  "我一个人。"

"一个人？你知道沙维希威克在哪里吗？"

"不知道，可是我有地图和罗盘，没问题。"

"那危险啊！再过去，除了我们没有别人，这附近只有乱冰，很糟糕，但是梅尔维尔湾前面的约克角更危险，有时候会冒海水，可能会死掉啊！"

在莫利沙克见过的中年胖子表情严肃地说。

"你去过沙维希威克吗？"

"没有，你为什么要去？"

"肖拉帕卢克没什么女人，听说沙维希威克很多。"

我若说出我的计划，只会让他们更混乱，我只好捧出可以简单说明的女人因素。

"那我也一起去吧！"他笑嘻嘻地说。

不知是真心还是开玩笑，刚才还说得那样危险，一听到有女人，态度就截然一变。但是那个年轻人反对说：

"我不去，这里到沙维希威克要四天，威士忌比女人好多了。"

结果他们没去。

"约克角的冰层很薄，要小心，回来时要带女人回来哦！"

他们说完，瞬间消失在冰的对面。我突然感到寂寞起来。我叫拢狗群。

"喂，你们给我振作点，我这条命就靠你们了，抠法、抠法（再快一点）。"

海潮流动得似乎很快，雪橇奔驰时，冰层下面就传来噼里啪啦冰块龟裂的声音，感觉有点恐怖。我好几次必须和想要打道回府的另一个自己交战。

下午八点，我把雪橇滑到岸上。在岩石下搭好帐篷，喂狗吃肉。

进入图勒前喂过狗群鲨鱼干，不知是不是这个缘故，它们腹泻不止，没有精神。摸它们的背，个个脊骨嶙嶙，毫无离开肖拉帕卢克时的朝气。

钻进帐篷，我用鲸鱼肉果腹。为了防备随时来袭的北极熊，我把步枪放在手边。

二月二十二日

早上起来一看，四周弥漫着雾气，还下着小雪。我不清楚地形，在视野不明的状态下行动很危险，心想今天暂时不出发吧！但当太阳一上升，四周霎时光亮耀眼，于是急忙出发。

可是海岸边有预想不到的状况。昨晚把雪橇停在岸上时，冰层只有三条小裂隙，因为退潮，此刻已变成一条大裂缝，雪橇要渡过很困难。我先把狗一只只抛到海冰上，在雪橇后面绑上绳子固定在岩石上，再慢慢滑到海冰上。雪橇像是架在宽两米的冰层裂缝上的桥。这时，雪橇刚好卡在海冰与海岸之间，稍为向前或向后，都会掉进海水里。我想和狗一口气把雪橇推到海冰上。

关键在于狗群是否乖乖听我的号令。只要其中四五只偷懒，雪橇无疑会掉落进裂缝里。我拿着铁链，握着雪橇后面的把柄调整呼吸。

剩下的只有交给老天了。

"呀——呀——"

我大声吆喝同时挥链向狗。狗一惊，一起冲向海上。松弛的绳索绷紧。就是现在。我用力一推雪橇。但是雪橇没有稳稳滑上海冰，而是以裂隙边缘为支点，像翘翘板般摇来晃去。我一阵胆寒。只要在雪橇后面放上一根羽毛都可能会让它掉进裂缝里。"呀——呀——"我忘我地大喊，幸好狗群也能撑，雪橇总算顺利地滑到海冰上。其实我本来只需要等到涨潮海水上升、冻结塞住裂缝时再走即可，但是我想尽早赶到沙维希威克，宁可冒险。回想起来，为了安全起见，我应该等到涨潮的。

雪橇碰上乱冰群，或在柔软的新雪中前进，都是一连串的恶战苦斗。狗还是严重腹泻，边跑边弓着背拉出水粪，沾在绳子上非常臭。每次解开纠结的绳子时，冻结的狗粪被我手套的温暖溶解，也沾到我的手套和北极熊皮裤上。

穿过帕洛基普冰河的冰山带，来到积着软雪的新冰上，雪橇更难滑了。狗已筋疲力尽，我再怎么挥鞭，也只是瞄我一眼，不肯前进，像是累垮的登山社新人在山上迟迟抬不起脚。我为了观察地形，眼睛一离开狗群，它们就放慢速度偷懒。

距离沙维希威克还有两百公里。照这情况不知要几天才到得了？

一只狗突然瘫坐在冰上，让雪橇拖着走。那是向阿纳屋卡买的狗。它的肛门张开，严重下痢，已经不能拉雪橇了。我想干脆杀了它当作狗的饲料，但是雪橇上还有一只海豹和二十五公斤的鲨鱼干，足够撑一个星期，让我对这跟随我几天的狗下不了手。但是把它扔在这里不管又太残忍，于是让它坐上雪橇。爱斯基摩人不会做这种蠢事吧！

下午五点半，今天只跑了六个半小时，但我决定就在康吉利峡湾入口的冰山旁扎营。我的帐篷是登山用的帐篷，内贴三层，还有底部，搭盖只要五分钟，非常方便。

给狗喂食。今天没给它们吃鲨鱼干，把一半的海豹肉喂给它们。阿纳屋卡的狗面对最爱吃的海豹肉也只是嗅嗅没吃。喂狗吃东西总是一阵忙乱。狗老大总是想独占食物，弱小的狗一靠近就咬。卡温那狗兄弟抢不过别的狗，等到肉都没了，其他狗都睡了以后，才拼命拉着绳子寻找吃食。

我把狗绑在帐篷周围，把剩下的海豹肉和鲨鱼干放在距离帐篷三十米的地方。这当然是为了对付北极熊。如果北极熊出现，也会先去吃肉，这时狗已经把我叫醒。

"你们今晚帮我好好监视北极熊吧！"

我钻进帐篷。给步枪上了两发子弹，放在枕边。我总是这样，一进帐篷，直到早上都不再出去。小便也是躺着尿在空罐子里，从帐篷的窗户扔出去，早上再去捡回来，然后放在石油炉上烤溶后倒掉。这个空罐子同时也用来煮肉装汤。如果每一样生活用具都要带齐，根本无法长途旅行。

我顺便提一下驾雪橇时如何大小便。我总是尽量忍到小便要漏出来时才解尿。通常手冻僵了，阴茎也冷得缩起来，总是会尿到裤子上。因为很快就会冻结，用手套一拍，便掉得干干净净。

大便比较麻烦。零下四十度的气温下屁股露在大气中很痛苦。只要露出超过一分钟，就痛得像长了痔疮。在这里以肉食为主，粪便很软，无法一次排清。不像住在圣母峰下的夏尔巴人，因为主食是米，容易排清，即使便后不擦屁股也不会脏。可是在这里，下腹部和肛门不使劲用力根本痾不出米。当然没有卫生纸。便完后用戴着手套的小指头轻轻一抹，再把手套擦擦地上的雪就干净了。

二月二十三日

天气阴，气温低，今天也逆风。很高兴昨晚没有遭到北极熊攻击。

早上十点出发，傍晚六点抵达约克岬前的峡湾。八个半小时的行程，狗群以恒常的速度前进。阿纳屋卡的狗也复原到可以拉雪橇的程度了。谢天谢地。今晚扎营处在距离沙维希威克七八十公里的地方。大约等于肖拉帕卢克到卡纳克之间的距离。我在纵走日本列岛时一天平均走五十五公里，如果雪橇在这里坏了，扛着必要装备前行，也不用三天。我相当轻松，甚至有心情想去沙维希威克更前面的乌帕那维克了。

二月二十四日

今天终于要抵达沙维希威克的亢奋心情，让我七点钟就醒了。但是前面还有一个最后的难关——约克岬。肖拉帕卢克、卡纳克、莫利沙克等地的爱斯基摩人都异口同声地说约克岬危险。最近两三天都是零下四十度的气温。冰已冻结，大概没问题。但我还是有点不安。

我在帐篷中喝茶，摊开地图，研究今天要走的路线，九点半出发。

一个半小时左右后来到约克岬。之前我是在距离海岸数公里的地方行进的，但海岬附近的薄冰层可能会冒出海水，于是我贴着岩石壁而行。幸好冰层没有松动。我跨下雪橇，用力踩几下，冰层虽然有点凹下的感觉，但是比一月间在加拿大国境内猎海豹时的冰层厚多了，也较安全。想到先前还那样担心，真蠢。

我奔驰了一段路，看到高四百米的岬边岩山上有一座黑塔。那是美国空军建的皮瑞铜像。

我去年坐船北上格陵兰西岸，经过约克岬时船长拿出双筒望远镜，说应该看得到皮瑞的铜像。不巧那天云层很厚，视野不佳，看不见铜像，不过我倒是头一次看到了北格陵兰的自然景观。荒凉的黑色群山，微暗的沿岸岩壁，内陆的白色冰峦起伏不定。这地方真能住人吗？虽然才九月，气温已低于零下十度。我望着望远镜，心中隐隐感到不安。

想不到我此刻正独自走在当时望远镜中看到的大自然里，而且是在最最冰寒的严冬时节……我好感动。

绕过约克岬，穿过乱冰群，原本步履蹒跚的狗群突然加快速度。就连阿纳屋卡的狗也跟刚才病恹恹的模样截然不同，脚劲十足地跑着。狗老大康诺特等一群狗的耳朵都朝着同一方向抽动。在海冰涌聚的小山丘前突然停下。

我立刻想到北极熊。脱下右手套，食指扣住步枪的扳机，紧张得能听到心脏怦怦跳。狗群仰望着我，完全不叫。我跨下雪橇，低着头，战战兢兢地爬上小丘。上面什么也没有，旁边有一座小冰山，或许在那后面。我又跨上雪橇，绕到冰山后面。

如果北极熊跳出来却没打中它怎么办？从我的射击技术来看，这情形很有可能。我裤袋里有割肉用的刀子，但面对臂力超强的北极熊，大概没什么作用。枪膛上了三发子弹，如果全都没打中……要是装上五发子弹就好了，如今后悔已来不及。

绕过最后的冰块，可以看到前方的山丘。没有北极熊。我松了一口气，知道虚惊一场后又有点失望。可是，狗一定嗅到了什么东西。我很快就知道了原因。我看到猎海豹的网子。一定是沙维希威克的爱斯基摩人放的网。这里距沙维希威克六十公里，肖拉帕卢克的人也常到一百公里外的地方下网，因此沙维希威克的人在约克岬下网并不奇怪。

果然，两辆夹着海皮艇的雪橇出现在眼前。大概是一对父子。他们用铁棒敲掉结在网上的冰。四天以来我第一次看到人类，忍不住高兴。果然还是人类好。

"古达,哈伊那乎纳呷。"(大家好,你们好。)

他们果然是沙维希威克人,驾着海皮艇到岬前的海上猎杀海豹。我和他们闲聊几句后便立刻出发。

前面还有一道难关,就是要渡过宽三十公里的德东迪西峡湾。内陆运来的冰山流到外洋前都堆挤在约克岬后面。加上雪深。狗的半个身子都陷入雪里,非常艰苦。我想尽量减轻狗的负担,一度下橇,但雪深及膝,根本走不动。只能回到雪橇上拼命吆喝"呀——呀——"。

来到峡湾正中央时,看到沙维希威克部落坐落的沙维希威克岛。就差一点点啰!

"看见啰,看见啰,越过松林……"我不觉哼起歌来。

下午七点半,终于抵达沙维希威克部落。自图勒基地出发,漫长的四天行程只靠地图,我做到了连爱斯基摩人都敬而远之的单独之旅。虽然到乌帕那维克还困难重重,但第一个目的地已经抵达,就是一大胜利。

有三个孩子的奇屋其卡提供我住宿的地方。当然,我是他们头一回看到的日本人。于是重演了我初到肖拉帕卢克时的情况。

"你从哪里来?"

"肖拉帕卢克。"

"你一个人吗?"

"对。"

他们一脸不敢相信的表情,欢呼起来。里面还是有人不相信我是日本人。

"你是加拿大的爱斯基摩人吧！加拿大有我们的同伴，从加拿大到肖拉帕卢克的吧！"

确实，我这几个月生活下来，爱斯基摩话已非常流利，加上我的黄种人脸。怎么看也不像外国人。

"不，我是坐船从哥本哈根到卡纳克的。"

"是吗？"

"你知道图勒基地吧！那里有很人的会飞在天上的东西是不？我就是坐那个从日本来的。"

"日本人都是这种脸吗？"一名老人指着我的脸问。

"当然，日本人的脸都和你们一样。"

"那就是日本爱斯基摩人啰！"

年轻人兴奋地大喊。

"日本在哪里？"

"阿巴尼，阿巴尼。"（很远很远的地方。）

这里没有地球仪，也没有世界地图，就算有，对从未走出冰封世界一步的他们，怎么说明都无用。

奇屋其卡的家挤满了来看陌生稀客的村人。我回答一个又一个的问题，一直不能安歇。

二月二十五日

沙维希威克的房子比肖拉帕卢克多一点，如火柴盒般排列的景象无异。村后的高地上有竖着十字架的坟场，我爬到上面去看，对岸是海冰隆起的沙特岛，远处是我昨天滑过的阿克利亚尔撒半岛、德东迪西峡湾、约克岬。

沙维希威克岛是冰山环绕的孤岛，居民都是爱斯基摩人。在卡纳克还常看到的白皮肤丹麦人以及南格陵兰的很多金发女郎，这里完全看不到。这里的人和我以前在南格陵兰弗雷德立克（Frederiksh/Paamiut）、何斯登柏格（Holsteinsborg/Sisimiut）、苏卡特盆（Sukkertoppen/Maniitsoq）等地看到过的混血种爱斯基摩人不同，非常像日本人。

奇屋其卡的太太雅托克小我两岁，是个美女，非常像"花生姐妹"。鼻子右侧有颗黑痣，真是越看越像。她教我唱爱斯基摩人的歌。

她唱歌时模样就像电视荧光幕上的花生姐妹，我用了一晚上的时间记下这首歌。详细内容我不太清楚，大概是小孩精神奕奕地在屋外玩雪的光景。

下午，我为明天出发做准备时，一个小孩来接我。

"我爸爸请你到我们家去。"

邀请我的是塔兹嘎，他有七八个小孩和一位九十多岁的老妈妈。

"这位是我的阿娜娜，就快死了。"塔兹嘎指着老太太笑着说。

"几岁了？"

"不知道，很多很多岁了。"塔兹嘎的太太说。

"为了请你，我老婆准备了很多奇维亚（海豹腹塞小鸟），来，多吃点！"

塔兹嘎指着一头肚皮缝起来的海豹。只留下皮下脂肪的海豹肚子里塞进了约四百只黑色羽毛的小鸟。他太太剖开冻得僵硬的海豹肚子，拿出小鸟分给我。小鸟逐渐溶化，发霉乳酪的强烈臭味弥漫屋中，有点像粪尿的臭味。我不禁食指大动。

我抓着小鸟，等它内脏溶化、身体变软后，把嘴对着小鸟的肛门，用力吮吸挤出来的东西。味道像是冰优格的红黑色液体流了满满一嘴，真是说不出的美味。吸完液体后拔掉羽毛，开始吃皮和变成黑色的内脏及肉，最后咬碎鸟头吸它的脑浆。嘴边黑血模糊。没有东西比浸透海豹皮下脂肪的小鸟更臭、更好吃。我回日本后，最想吃的不是鲸鱼皮，也不是海豹肝，而是这个"奇维亚"。直到现在，每个月还梦到一次。

村人陆续请我。第二家是吃马塔（生鲸鱼皮），第三家又是奇维亚，都是我最爱吃的东西，但是我的胃量毕竟有限。这样下去无法做好隔天的出发准备。我捧着肚子刚坐到床上，留着西瓜皮发型的女孩就来请我跳舞。不管我答不答应，女孩们簇拥着我到第四家。二十来个年轻人欢声迎接我。

房间里音乐震天价响。我以为是收音机，竟然是录音机。

"卡——卡——！"（来跳舞吧！）

女孩拖起坐在地板上的我，我拼命推说不会，对方还是硬拉着不放。房间很小，年轻男女挤成一团，根本没有舞步，只是抱在一起乱跳。我不好意思这样紧贴着女孩的身体，不过这

雪橇独行三千公里

样让年轻姑娘抱着,感觉也不坏。

每当音乐结束,舞伴就换人,就是不放我走。我在日本从没这么受欢迎过,也突然产生自信,以为自己是英俊小生!

一个女孩在我耳旁低语"阿撒巴奇"(喜欢你哦),我假装没听懂,她竟咬我的耳垂。

我在卡纳克时听说沙维希威克的女人比男人多,看来是真的。不少人像肖拉帕卢克的卡利,让三个不同的女人生小孩。的确,包围沙维希威克的自然环境比其他地方更严酷。村人掉到海里冻死,或流冰冲到外洋而死的意外也多。或许是男女人口不平均的原因吧!

年轻人像要跳到吃下的生肉都消化似的,没有停止的迹象。

我有点不安。我在安马沙利克、肖拉帕卢克、卡纳克时,村人都争相请我吃饭、跳舞,最后女人邀我上床。这好像成了定例。其实这只是因为爱斯基摩人对性爱非常自由,不是因为我长得帅。

跳舞攻势一波波袭来,我又没有他们那种性爱观念,拒绝会羞辱他们吗?我忐忑不安。

我一直跳到清晨四点,最后一曲跳到一半时,我绕在女孩背上的手无力垂下来,整个人滑落到地板上。我装病逃开这个场面。

第十八章
从沙维希威克到乌帕那维克

二月二十六日

天气晴朗。奇屋其卡没有特别劝阻我的乌帕那维克之行。村中没人走过这条路,虽然都异口同声地说危险,但也没人阻止。在爱斯基摩人的社会里,男人带狗出去打猎时就是大人了,长辈只能给予忠告,不能强制一个大人去做什么。

我早上八点就起床,照他们教我的方法增加雪橇的滑走度。我先磨光滑板,贴上浸过面粉水的棉布,再浇上几次水,结出厚五毫米的冰。如果只浇水结冰,雪橇冲进乱冰群时滑板上的冰层会立刻剥落,不利于滑行,贴上棉布可以防止冰层迅速剥落。这是我第一次尝试。沙维希威克人在严寒的一二月间常常使用这个方法。我想起来有些加拿大爱斯基摩人也会在滑板上涂泥巴,原来是同样的道理。

村人都到部落外缘送我,他们大概都以为我不会再回来了。小孩大口喘着白气,跟着我的雪橇跑了百来米。

"再见。"

"谢谢。"

沙维希威克渐渐远去。零下三十四度的气温下，爱斯基摩人一直挥着手。终于踏上乌帕那维克之旅了。这里到乌帕那维克有九百至一千公里，就连乌帕那维克地区最北端的部落，距离此地都有四百五十公里。这是从东京出发、沿海路直到名古屋的距离。但是我心激昂。从图勒基地出发、遇到最后的爱斯基摩人时，我曾因为恐惧不安而数度想要折返，但抵达沙维希威克后我心已完全笃定，前往乌帕那维克的心意毫无动摇。不论如何我都一定要去。

天空晴朗无云。我朝着乌帕那维克的方向，穿过几座冰山，拼命挥鞭赶狗。狗已完全恢复精神，阿纳屋卡的狗也精神抖擞地拉着雪橇。

下午六点半，在距离那托特半岛海面约三十公里的地方搭帐篷。我躺在睡袋上，和我舞到黎明的女孩的面孔一个个浮现脑海。我真的能平安回去见她们吗？

二月二十七日

今天也是晴朗无风的日子。这一带海岸地形错综复杂，无法用眼睛和地图比对位置。我用罗盘测量纬度，方向也错了七十五度。

单独旅行之苦在于观察地形、使用罗盘、修正方向、给狗命令等这些事都要自己来。稍不注意，狗就径自跑自己的路。

出发不到四个小时，狗的速度开始下降。虽然可怜它们，我还是改用棒子代替皮鞭。总是挨打的卡温纳狗兄弟发出垂死的哀号。虽然觉得它们可怜，但也不能任凭它们乱跑。狗害怕得尽量向内侧挤以躲避棒子。被推到外侧的狗斜眼瞄着我，一瞅到空隙便往内侧挤。绳子立刻纠缠在一起，我不得不数次下橇解开。

突然，狗不听我鞭子的使唤。"直直跑！混蛋！"但怎么吼它们、怎么揍它们，它们还是向右转。原来狗发现了北极熊的脚印。约有两个人脚印大的四个趾尖印子清楚地留在雪上。是北极熊没错，而且是三只，其中一个脚印较小，大概是北极熊亲子吧！留在脚印上的毛也告诉我这是新的脚印。就在附近吗？我心跳加速。脚印从内陆走向海边。

太阳还在水平面上，离日落还有一段时间。我想追击北极熊。能击倒北极熊，是爱斯基摩男人的最高荣誉。而且北极熊的毛皮可以卖到高价，一头约十万元，很吸引人。我开始追踪脚印。

狗抽动鼻子追踪脚印。我不时站起来眺望海边的方向。北极熊一定是到海边靠近呼吸孔，准备狙击海豹。海豹鼻尖露出呼吸孔的瞬间就会被它们击杀。不过，它们的臂力惊人，如果一枪不中，我也将尸骨不存。

追踪一个小时了，不见北极熊的踪影。脚印进入乱冰群，雪橇在里面前进困难。两小时过去、三小时过去，太阳渐渐靠近水平线。我不能再勉强载重四百公斤的雪橇继续跑。我冷静下来，心想我的目标是到乌帕那维克，不是打北极熊。稍微花点时间也就罢了，这样大肆耽误行程就不妥当。我放弃追击北极熊，路线转南。

太阳沉没后我还继续跑了两个小时，六点过后才架起帐篷。今天比往常更小心防范北极熊。我把海豹肉放在帐篷入口可以看见的二十米外，让狗围在帐篷四周，步枪放在手边。

白天的英勇气息完全消失，听到冰层裂开的声音都怀疑是北极熊来了，一跃而起，看到熟睡的狗后才放心。

二月二十八日

晴朗，东南风，气温零下四十二度。用罗盘锁定目标冰山，在海冰上向南行进。今天非常冷，鼻头冻伤痛得无法忍耐。

三月一日

今早被帐篷布的啪哒啪哒声惊醒。昨天傍晚太阳染上红色，确定今天应该晴朗，但刮着强风。我探头往外一看，昨天确实就在附近的一座比摩天楼还高的冰山不见了。雾气笼罩四周，连二十米外的海豹肉也看不见。只看见缩成一团的狗和狂吹的雪。

从沙维希威克出来，离最近的村庄勾特索还不到一半路程。我该顶着强风南下还是等待天气好转？我立刻做出决定。帐篷地点是距离陆地一百公里以上的巴芬湾（Baffin Sea）中。如果继续留在这里，万一格陵兰内陆吹来的强风吹断冰层，我可能随着流冰漂到更远的外海，更加危险。肖拉帕卢克的老人数度给我忠告，当内陆吹起强风时要尽快避难到岸边。

强风一再吹倒帐篷支架。我片刻不敢犹豫，立刻采取行动。在暴风雪中行动虽然危险，但比死在流冰上好多了。

我先思索鼻子的冻伤对策。鼻头冻伤发炎，水泡早就溃烂，露出红红的内皮，一吹到强风就痛得难以忍受。我用驯鹿皮做挡风面罩。驯鹿皮毛比海豹皮毛更长更软，直接碰触皮肤时不那么痛。我做了三角形和四角形的面罩各一个，遮挡口鼻。

九点，我走出帐篷。挖出半埋在雪里的帐篷，在雪橇滑板上浇水结冰。解开结冻的绳子，装载行李，花了两个小时才一切准备妥当。

方向改东，迎风出发。视野完全不清，看不到目标冰山，只能靠着风向和罗盘前进。狗不喜欢迎风而行，一不注意，就背风而跑。

驯鹿毛皮面罩果然管用。强风直接打在脸上，冻伤丝毫不痛。但不到一个小时，鼻子呼出的水汽开始结冻，变成冰柱垂下来，像是美式足球的面罩。我想换另一个面罩，但它塞在外套内侧的口袋里，拿不出来。我右手挥鞭，左手按着鼻子前进。

狗在风雪中苦斗。我尽全力在强风中固定方向，从手套的缝隙中看着狗，吆喝它们快跑。手表的金属表带冷得刺痛皮肤，手已完全没有感觉。我好几次握住睾丸温暖手掌。

雪迎面吹来。脸上一片白茫茫的狗频出差错。狗老大康诺特和阿纳屋卡的狗垂着尾巴低头拼命拉，但是卡温那狗兄弟、耳朵被咬掉的托切、卡扣特等不吃鞭子就不拉。我看到偷瞄我又老是打混的狗就气。

"好，等没食物时第一个就宰了你来吃，给我记着，没用的东西，混蛋，快跑！"

要是平常，跑一两个小时后会让狗休息一下，但是现在没那份余裕，若不尽快赶到岸边……我迎着风连续跑了三四个小时，一直看不到岸边。因为视野不清，不知跑在什么地方。放眼所见就是冰、冰、冰。因为一路嘶吼吆喝，喉咙也干哑，但在这种暴风雪中石油炉根本点不着，不能泡热茶润喉。

我一个劲儿地向前跑。

傍晚，雾气开始散去，视野开阔到可以看见散落在海冰上的冰山。暴风雪已停。就在天黑前，看到一心想望的海岸岩石。我心想"得救了"，终于回到距沿岸数十公里的地方，不会沦落流冰上被强风吹出外洋了。刚才一心赶路而忘掉的冻伤之痛再度苏醒，而且蔓延到鼻子的左侧。

三月二日

沿着海岸转向南进。昨天的暴风雪为海冰堆积上二三十厘米的雪。雪橇深陷雪堆中，像行驶在沙地上。狗一天比一天疲劳，脊骨嶙嶙。天气好转。

三月三日

今天一早又是视野不清的风雪天。视野很差，无法确定位置。推测是在托克托里西亚半岛附近，但完全看不见点点岛影。

食物只剩一只海豹，再怎么节省也撑不到三天。石油炉的情况从昨晚起就不大对劲，好几次烧到一半就熄了。我的石油储量还有十天，但没有备用的石油炉。照这情况，尽管刮风下雪，我也只能前进。

戴上驯鹿毛皮面罩，把备用的那一个挂在脖子上。顾虑狗的疲劳，虽然有点麻烦，还是必须让雪橇滑板结冰不可。

九点半，再度迎风出发。

卡温那狗兄弟不太肯跑，鞭子集中落在它们身上。狗没办法，直直跑上五十米。狗一度发现雪橇痕迹，我也以为是爱斯基摩人的雪橇痕迹而兴奋，但却是我先前滑过的痕迹。我好像迷失了方向，在原地打转。罗盘好像也失灵了。焦虑不安让我眼前一片昏黑。

因为天色太暗，看不清楚罗盘，只好搭起帐篷。狗又瘦又憔悴，步履蹒跚。我把海豹头分给十二只狗吃，剩下的食物只够维持两天。可能真的要把狗杀了，只留下几只。在这辽阔的梅尔维尔湾遇难即意味着死亡。阿蒙森和史考特前往南极探险时为防不归而建了雪冢。我或许也该这么做以备遭难，但单独旅行的人实在没有这份余裕。

摊开地图，借着石油炉的光研究今天的行走距离和明天的路线。今天在大雾和强风中跑了八个小时。途中数度停橇，速度也慢，最多只跑了四十五公里。

今天狗身上的套带又断了。皮制套带因为狗汗而结冻后，像玻璃般轻易折断。有时候一天有四只狗的皮带断掉，我修理不及，只好将绳子直接套在狗脖子上。

三月四日

昨晚睡前向上帝祈祷，今天无风无雾，南方天空晴朗一片。远处可以清楚地看到内陆冰河落海的模样和岩壁。我推定的位置大抵正确，果然来到托克托里西亚半岛前。但是距离人住的地方还有一百七十至一百八十公里。不过，能确认现在的位置，已经让我信心加强。

狗还是很疲劳。卡温那狗兄弟还是一样懒，我缩短它们的绳子，集中鞭打它们。狗哀哀号叫，别的狗因害怕被打而更努力地拉。它们实在可怜，但这个方法很有效，狗比我预期的要出力。雪橇速度超过预期，出发才三个半小时就到达托克托里西亚半岛前端。托克托里西亚是驯鹿的意思，沙维希威克的老人告诉我，以前常常在这里猎杀驯鹿，但是这寸草不生、岩石磊磊的半岛真的有驯鹿吗？我站在雪橇上极目远眺，毫无动物的行踪。

我在海冰上发现海豹的呼吸孔，拿着步枪等候十五分钟左右，但海豹终究没有出现。

一过半岛，又为深雪苦恼。狗深陷雪中，我也必须下来徒步而行。卡温那狗兄弟的哀号也激发不了其他狗的冲劲。

和托克托里西亚半岛并行的塞玛沙克冰河绵延三四十公里后落海。附近冰山林立，完全阻碍南向进路。我穿梭其间，像在走迷宫。好几次去路受阻，必须折返。有时候有大块的冰凌空而降，万一被打中就完了。绕过冰山和冰山的转角时也可能碰上北极熊。我总是让狗先行，拿着枪小心翼翼地跟在后面。

星星开始眨眼。

出发已十个小时，已经晚上八点多。我累垮了，在没有落冰危险的冰山之间架起帐篷。

狗的食物只剩明天的份，我的食物也只剩下八片饼干。但是石油还剩很多。即使食物告罄，还有暖气，也可充当食物的狗，我不会饿死荒地。

狐狸皮裘的下摆破了，必须修补，但是一进帐篷，累积一天的疲劳一股涌出，我不知不觉就睡着了。

三月五日

昨晚一进帐篷就睡了，今早六点起来，准备出发。我在晾干靴子的空当研究今天的行动。要如何安全通过昨天没有穿过的冰山带？我想先折返托克托里西亚半岛，再绕行冰山带的外海较好。选择可能浪费一天但安全的路线，要比闯入危险较多的冰山带好。路程剩下一百五十公里。这比我走过多次的肖拉帕卢克—卡纳克之间的往返距离要短。

行程比我想象的还顺利,还发现昨天没注意到的快捷,真是幸运。但狗群还是累得步履跟跄。

地图上,塞玛沙克冰河前面有一座岛。但是我穿过冰山带后并未看见岛影,难道我昨天通过的半岛是托克托里西亚半岛吗?如果是的话,我此刻在什么地方呢?心中的不安渐渐扩大。

但再怎么犹豫也是枉然,我只有尽量节省石油。我开始认真考虑杀狗来吃。

阿蒙森去南极探险时,也为了减轻雪橇载重而把不需要的狗杀来吃。但是我做得到吗?那一直忠实地追随我、看到我就摇尾巴的狗,我下得了手吗?我看着累垮的狗,祈祷它们尽力快跑,不要让那残忍的事情发生吧!

不过,我的担心多余了。太阳下沉时,寻找中的岛影突然簇立眼前。因为脑袋昏沉,距离又远,所以先前看不到。我采取的路线正确无误。

晚上九点,狗终于一步也跑不动了。即使我走在前面,它们也跟不上来。我架起帐篷。一天十二个小时的奔波确实艰苦,一进帐篷疲劳便一涌而出,来不及防备北极熊便睡了。

三月六日

知道行进的路线正确后,今早觉得从容些。测量一下气温,零下三十六度。越过三个散落的岛,来到安德拉普岛前,发现雪橇的痕迹。终于遇到几已忘怀的人类。两天前陷入冰山迷宫时还担心就这么死去，无精打采的，现在却脚步轻得想跑。果然是心随境转。

今天只跑七个小时就扎营了。当然是因为冷，但主要还是想拍几张照片。狗的状况不好、雪橇也跑不快时，我为了减轻雪橇重量，好几次想丢掉照相机。那个想法此刻想来犹如做梦一般。

三月七日

今早云遮天空，比昨天温暖。气温只有零下二十四度。距离勾特索只剩四十公里。狗群已困顿累乏，用力扯绳仍动也不动。起初还以为它们死了，挥鞭下去才抬起头，慢吞吞地跟在我后面。循着昨天发现的雪橇痕迹前进，速度顺畅许多。不久，雪橇痕迹渐多，我已经进入勾特索的狩猎范围，海冰上也发现猎捕海豹的网。来到勾特索附近，连狗也察觉到人的气息，打起精神猛冲。

我有些焦虑。三个多月没洗的身体、污垢积厚的手指，都让我羞愧不已，不敢见勾特索的爱斯基摩人。我在雪橇上伸手抓起一把雪摩擦满是污垢的手。雪变成漆黑的液体，滴落白色的雪地。我接着洗脸，以前肖拉帕卢克的爱斯基摩人曾经说"Naomi 好臭"，我不想在勾特索也让人这么嫌。我卷起外套袖子闻闻，没有特别的臭味。

我在雪橇上哼着歌曲。绕过岛上最后一个突出的岬角,眼前突然出现狗拉雪橇。离开沙维希威克的第十一天,头一次看到南格陵兰的爱斯基摩人。我高兴得身体发抖。

"古达。"

"古都梦。"

我们紧紧握手。还是人好。

"瓦嘎,奇迹波,肖拉帕卢克。"(我从肖拉帕卢克来。)我笑着说,但是他们好像听不懂,歪着脑袋。

"瓦嘎,奇迹波,图勒。"

"……图勒?……"

他们说得很快,还有极地爱斯基摩人所没有的强烈口音,我完全听不懂。

"瓦嘎,卡姆奇嘎,肖拉帕卢克、卡纳克、图勒、沙维希威克,安马,勾特索。"(我坐雪橇经过肖拉帕卢克、卡纳克、图勒、沙维希威克来到勾特索。)

他们终于了解我的意思,眼睛咕噜咕噜转,再次用力握我的手。

"你是加拿大人?"

"我是日本人。"

对方一脸讶异。图勒地区和乌帕那维克地区的语言完全不同,我在北部滞留期间日常会话毫无困难,在这里却完全不行。他们认为我是加拿大爱斯基摩人也不无道理。

之后,又碰到三个出来猎捕北极熊的年轻人,不管我怎么说，他们还是认定我是加拿大爱斯基摩人。

勾特索在海岸斜坡上，红、蓝、黄漆的火柴盒小屋散落各处。我瞬间就被小孩围绕。孩子们奔走呼号："加拿大人来啰！"我对孩子们说"古达、古达"，眼泪差点流出来。大人也都从屋里跑出来。

图勒地区和这里虽然讲的都是爱斯基摩话，但有地方腔的差异。我拼命说明，他们仍然当我是加拿大人。虽然言语不同，但人一样亲切。我接纳他们的善意，借住在政府贩卖所工作、地位相当于村长的约翰·尼尔森家里。

年约四十岁、挺着大肚皮的尼尔森是村中唯一的白人，他是格陵兰人，太太是爱斯基摩人，有九个孩子。

我先把尼尔森给我的鲫鱼喂狗。它们真能撑。狗群争食脂肪多的鲫鱼肉，随即像醉倒似的眯着眼躺在地上。

我在温暖的屋中露出十一天没有暴露的皮肤，躺成大字。昨天以前，北极熊来袭的恐惧和海冰裂开的声音还让我神经紧张，今天就完全放心无虑，简直像在天堂。我最高兴的是尼尔森的女儿都很欢迎我，就这一天，在结束艰苦旅行的松弛心理下，我无法理性拒绝姑娘们的邀请。

三月八日

早上六点，像往常一样醒来。我不在帐篷里，不需要瑟缩在寒冷中点燃石油炉。我听着睡在一起的女孩的轻微鼾声，陷入沉思。离开肖拉帕卢克已经一个多月，伊努特索爸妈不知怎么样了？我那些日本朋友又是如何担心呢？好希望早一刻抵达乌帕那维克，平安无事地和众人联络。

勾特索和乌帕那维克之间有许多岛，不少半岛细细长长地突出海面，必须绕更多的路。大概四五百公里吧！听尼尔森说这条路线多雪，海流快、冰层薄，不能掉以轻心。不过，这一路上还有几个部落，不像从沙维希威克来时那样一路杳无人踪。

我在勾特索停留两三天，等待狗群恢复体力。肖拉帕卢克的主食是海豹、海象和鲸鱼肉，这里则是鲫鱼。当然也吃海豹和鲸鱼，但捕获量不大，只好以随抓随有的鲫鱼替代。每户人家平均五天才抓到一只海豹，但一天能钓到二十多条一米以上的大鲫鱼，足够一家人吃一个星期。这里的生活水准低，或许和抓不到海豹有关，因为海豹皮可以卖给政府。

这里也看不到图勒地区到处都有的储藏生肉用的木框架。反倒是鲫鱼像山一样堆在屋顶。狗是吃海豹肉还是鲫鱼，一目了然。这里的狗个头小，狗毛没有光泽。我的狗体质已经不好，算是"乌合之狗"，但是和这里的狗比起来，狗毛光泽好，腿又粗壮，很有分量。不只是狗，这里的一切都和图勒地区不同。图勒地区的靴子以白色的海豹皮靴为主，这里是黑色。形状方面，北部地区为了保温，靴子较大较宽。女人的服装也不同。这里的女人上衣领口缝着珠珠，穿海豹皮裤和刺绣皮靴；图勒地区的女人穿彩色衬衫、狐狸皮裤和长及大腿根部的白海豹皮靴，靴子上没有刺绣。这里的爱斯基摩人的文化，和十九世纪末才从加拿大过海而来的北部爱斯基摩人相当不同。

来到这里,我的狗吃了太多鲫鱼,又瘦得脊骨突出,但精神恢复了许多。我不能一直闲耗下去,必须出发前往最终目的地乌帕那维克。

三月十一日

我离开时送了这两天照顾我的尼尔森闪光灯和十卷底片,也送了他太太一条围巾。距离下一个村落卡桑奴约一百公里。深雪已在预料之中,我带着充当狗饲料的鲫鱼。绕过何姆斯半岛后天气转为下雪,视野模糊不清。我靠着罗盘和地图前进,下午八点过后,在伊努古斯立克海冰上搭帐篷。不知是不是吃鲫鱼的关系,狗又开始下痢。

三月十二日

狂风大雪。零下二十四度,气温升高。我暂时等候天气好转,但是等到下午还没有好转的迹象,决定冒雪出发。

我靠着罗盘在视野不及十米的风雪中前进。狗虽然休息够了,却完全跑不动。狗老大康诺特爪尖流血,阿纳屋卡的狗拖着争夺食物时被咬伤的腿。每一只都不听使唤地闹罢工。

在视野不清的海冰上也让我惴惴不安。走了好几个小时,总有还是在同一个地方打转的错觉。虽然看见卡桑奴前面的努索阿半岛，但我不敢确定，只好先扎营再说。今天应该跑了五六十公里。

三月十三日

早上六点，从帐篷口往外一看，远处有个黑影。是努索阿半岛。昨天视野极坏，所以看不到。我查看温度计，零下十六度，气温高得让我怀疑温度计是不是坏了？走出帐篷，真是温暖得有点怪，还留在海冰上就危险了。我打醒狗群，立即出发。

狗还是一样没精神，但是可以看清楚地形前进，我的心踏实些。

来到距离努索阿半岛前的小岛四五百米时，雪突然变软。狗恨不得早一步上陆似的没命狂奔。跑在最前面的康诺特突然陷入雪中。

危险！！

我背脊一阵寒，在海冰上跑雪橇，最危险的情况就是掉落海水。我是注意到了零下十六度的异常高温，但没想到海冰在这个地方张开大口……因为表面覆盖着雪，不易发现，雪橇陷入掺着雪的海水里无法改变方向。我跨下雪橇，海水便涌到我的膝部。

幸好十五米前是一片坚冰，雪橇不能转向，只能直直前进。我浑身血液倒流般拼命驱赶狗群。狗在深达腹部的雪水中挣扎，雪橇慢慢陷入雪中。心想大事不妙也为时已迟。

雪橇浮在雪水中，狗群扬着头拼命挣扎，行李开始进水，我站起来斥吼狗群，但它们还是原地踏步不前。

雪橇距离坚冰仅四五米。我浑身湿透，已有心理准备。我把行李中的换洗衣物、石油、炉子、火柴、帐篷等抛到坚冰上，决定自己游过去。在零下十六度的温度下我游得动吗？但总比留在这里等着沉没要好。

但当我抛出石油炉、正要解开绑着帐篷的绳子时，最前面的康诺特已踏上坚冰。

其他的狗也陆续踏上。狗似乎也觉得放心了！一爬上坚冰便不想再拉雪橇，懒洋洋地不动。这样下去雪橇会沉没，不能这样悠闲。我用凿冰洞的铁棒打狗，拼命驱赶它们，当雪橇前端接触到坚冰时，我想这下得救了。

伊米那老人告诉过我，南部多雪，海水会随时随地冒出，必须特别注意，尼尔森和勾特索的人也都这么说过。

但是从沙维希威克到勾特索之间的十一天艰苦旅程完成后的自信，让我轻忽了到卡桑奴之间的一百公里路程。我彻底反省。北边有北极熊、乱冰和冰山的危险，南边有掉落海水的危险，每个地区都有不同的危险。过去常听人说的危险，今天真是亲身经历到了。

之后，有点弄错尼尔森告诉我的翻越努索阿山的路线，到达卡桑奴村时已过傍晚六点。平常只要走三个小时的这条路线花了我十个半钟头。

雪橇独行三千公里

三月十四日

在卡桑奴村，我接受芬恩家的招待。芬恩是丹麦人，三年前来到这里，他自己有船，雇用爱斯基摩人捕鲸鱼和海豹。他有十二只狗，用鞭技术比爱斯基摩人还好。他太太管理政府设置的医院。说是医院，其实只是有电以及少数医疗品的简单设施。

我本来想今天就出发，但是狗还没完全恢复，不得已延迟出发。尤其是卡温那狗弟弟，连最爱的海豹肉都不碰，不知道还能不能撑过一天。它缩着背，步履蹒跚地随时要倒下来，肛门流着水便，嘴角不停流口水。我不忍见它死在我面前，于是送给想收留它的爱斯基摩人。我以为他会把狗带回家去好好照顾，将来用来拉雪橇，这想法简直大错特错。没多久就听到一声枪响，卡温那狗弟弟瞬间就被剥皮吃掉，狗皮还挂在那户人家的房子前。漫漫长途陪着我一路从肖拉帕卢克走来的朋友被杀，我难过极了。归途再访这个村落时，卡温那狗弟弟的皮已变成爱斯基摩人身上的外套。

三月十六日

阴天，下雪，零下十八度。今天往努塔谬部落前进，一百三十公里的路程。幸好地上有雪橇痕迹，不需特别注意方向，只要让狗跟着痕迹跑就行。看到卡温那狗哥哥，觉得它寂寞可怜。

今天十一个小时共跑了六十公里,在嘎德纳岛的海冰上搭帐篷。

三月十七日

晴朗。天气一晴,气温就急速下降,零下三十四度。气温一低,雪橇滑行更差,但海冰坚实安定,心情相当轻松。

来到峰顶时,看见散落海冰上的点点岛影。想到目的地乌帕那维克就在前面时,不禁心跳加速。已经到了读秒阶段。我拿出相机,竖起三脚架,拍照留念。今天进入努塔谬。

三月十九日

从努塔谬出发,通过提西乌沙部落,往英纳斯部落前进。接近乌帕那维克,地面的雪橇痕迹也多了,好几次碰到出来钓鲫鱼的爱斯基摩人。经过提西乌沙,跑过陡峭的岩壁下,遇到附近部落的巡回学校老师和牧师。蓝眼睛白皮肤的丹麦人。遇到他们,知道自己更接近乌帕那维克了。

三月二十日

越向南进,雪橇的痕迹越多,接近乌帕那维克了。狗也知道抵达村落后就能饱吃鲫鱼，不顾疲累地加劲冲刺。我一边驾着雪橇，一边点燃石油炉，溶解雪水煮咖啡喝。正因为先前的旅程是那么艰苦，此刻的悠闲特别有味道。

通过狭长的岛后看到一个小部落，地图上写的是纳雅部落。说是部落，其实只有五六栋小房子。我经过时挥挥手，房子窗户里面也有人向我挥手。

渡过乌帕那维克峡湾，靠近阿皮雷特（Aappilattoq）岛时，发现海水冒着蒸气。原来是低温下没有结冻的海水变成雾气猛烈上升。这附近的冰层很薄，雪橇小心翼翼地走在晃动的海冰上。蓝色的冰层厚不到十厘米。到了这里还落海，实在划不来，我不得不慎重。虽然要多花时间，但为了安全起见，我决定走陆路翻越只有三十米高的小山。来到山顶，就看到海边的阿皮雷特村。乌帕那维克距离这里三十公里。但是阿皮雷特的海边只冻结一百米左右，再过去都是海水。要去乌帕那维克，一定要渡过这里，我要等明天冰结得更稳时再走吗？我有点不安。

我在阿皮雷特村接受阿贝尔·浩森的招待。不论走到哪里，爱斯基摩人都笑脸相对。阿贝尔说，明天气温若低于零下三十度，去乌帕那维克就有可能。他在地图上指出一条避开海水、大幅度绕过峡湾的路线给我。

三月二十一日

昨晚听着阿贝尔和他儿子的鼾声，又想到乌帕那维克近在眼前，兴奋得一直睡不着。我双手叠在胸前，钻进睡袋里，手表的滴答响声声入耳。

在雪橇独行三千公里的折返点乌帕那维克纪念摄影

早上七点半，众人还在睡梦中，我已经醒来，开门看看天气。冰冷的空气一涌而进，房间里冒着蒸气。满天星星，东南方的天空微亮，知道天快亮了。屋前的海水冒着热气。我拿出温度计，只见刻度一直下降，停在零下三十三度。比昨天高两度。不过，气温这么冷，海冰方面就不用担心了。

我准备出发事项。先仔细套上阿贝尔的太太卡丽昨晚睡前帮我晾干的靴子和手套。大概被声音吵到，卡丽也醒了。

"早安，Naomi，今天要去乌帕那维克？"

"是的，傍晚就回来。"

"天气很好哩!"

"嗯,气温有三十三度,情况还不错。"

她把煤炭塞进炉子,接过我手上硬邦邦的靴子用力揉搓。看样子今天还会回到这里,我把全部的行李寄放在她家,只带了非常时期用的帐篷、石油炉和照相机。

终于要出发了。阿贝尔再度在地图上确认路线,给我一只狗带路。

"知道吧!直直横过这里,绕过那座岛。今天一定要回来。气温一升高,冰就软了,恐怕回不来,不论多晚,今天一定要回来,知道吗?"

"知道了,我走咯!"

海冰是新结的,泛着蓝光。狗的情况很好,它们也高兴拉变轻的雪橇,以二十公里的时速疾驰。就在前面五十米处,海水露脸,冒着热气。要是在这地方掉下去,就全部玩完了。我尽量远离海水向前奔驰,途中数度碰到爱斯基摩人,每一次都被问道:"从哪里来?"

我一说是"图勒",问题便如雨下。待我说我是日本人时,他们更加混乱,迟迟不放我走。这样一路耽搁,恐怕今天回不了阿皮雷特。因此我再遇到爱斯基摩人时干脆不停雪橇,只是挥手打声招呼就擦橇而过。

我本来想到乌帕那维克的邮局写信报平安,但想到时间紧迫,即使三十分钟也不能耽误。幸好雪橇走在平坦的冰上,我拿出信纸,就在雪橇上写完六封信。在零下三十三度的室外,而且是在雪橇上，着实是难得的经验。

　　下午两点过后，终于看到乌帕那维克镇全貌。像积木似的红色、绿色、蓝色的房子从海边朝山丘点点散落，规模果然比肖拉帕卢克和勾特索大多了。路上甚至有汽车在跑——终于到达乌帕那维克了。这是我赌上性命而来的目的地。我无法压抑感动的泪水。二月四日离开肖拉帕卢克以来，今天刚好第四十六天。

　　我立刻到警察局去为护照盖章，然后打电报到肖拉帕卢克报平安。

　　时间宝贵，我无暇沉浸在感伤的情绪里。我到贩卖所买了苹果、饼干、洋芋片、奶油、果酱面包和可口可乐，下午四点又离开乌帕那维克。我在雪橇上吃到的苹果滋味比我过去吃到的香甜好几倍。

第十九章
归途的粮食危机

三月二十五日

　　回图勒的日子终于来临。我在阿皮雷特停留四天，一方面因为狗的状况又变差。近半数的狗趾尖流血、瘦削，走路成内八字。另一方面是我必须筹措归途的粮食。我在村中的贩卖所买了两捆四百米的麻绳和一百支钓钩、一片白铁皮板，专心去钓鲫鱼。我在卡纳克有钓鲫鱼的经验。这里的冰薄，铁棒一戳就开个洞，两分钟就弄出个直径一米的洞，不像在卡纳克时那么费事。

　　在这里常吃鲫鱼。煮过的鲫鱼骨肉破碎，筷子夹不起来，但味道真是好。每天喝那脂肪丰富的鱼汤，喝到要吐的地步。

　　不去钓鱼的日子就拜访爱斯基摩人的家，喝喝咖啡、吃吃东西。晚上一定和阿尔贝的儿子出去跳舞或玩牌。这里的女孩一样豪爽开放。唯独此时，我没有抗拒地进入自由的爱欲交欢里。

　　但我不能一直在这里蹉跎。狗的背脊长出些肉，看起来颇有精神。我必须出发了。我送给阿贝尔夫妻一只狗。我知道他们想要一只图勒地区的狗。我送他的是十一只狗中唯一的母狗，虽然它是其他十只公狗的偶像，但是怀有身孕，可能不到图勒就会生产。刚出生的狗仔平添旅途累赘，不如送人，阿贝尔一定会好好抚养它们母子的。

在阿贝尔家中，他太太总是请我喝咖啡、吃手工面包。我为了谢谢他们并付些膳宿费，便给阿贝尔一百克朗。他起初不肯接受，推辞许久，勉强收下。

阿贝尔送我一个漂亮的水鸟标本作为纪念。体形像鸭子，浑身漆黑，虽然不太符合旅行的兆头，我还是欣然接受。

十点半，终于要出发了。阿贝尔夫妻和孩子们一起挥手送我。我还会再见到这些亲切的人吗？我站在雪橇上，也不停地用力挥手。

四月八日

抵达勾特索。乌帕那维克最北端的部落勾特索，在爱斯基摩语里是"拇指"的意思。部落里面有高四五百米的陡峭尖峰，像拇指一样，因而命名。

四月十三日

离开勾特索。想到来时整整耗费十一天才从沙维希威克抵达勾特索,如今回程少了一只狗,心里难免有些虚。没有买狗的钱。没办法,只好放弃旅途中录下许多爱斯基摩人声音的录音机。虽然可惜,但这时候我更需要狗。

我弄到三只狗,都比图勒地区的狗瘦小,两只像哈巴狗,一只是十多岁的老狗。这下我更心虚了。我一咬牙,决定再买一只。这次是用一台小型照相机换来的。

虽然是四月初,海冰上已有海豹出没,是爱斯基摩人驾着狗拉雪橇奔波的时节。因此每个人都急着要狗。体质再差的狗只要能弄到手,就值得庆幸了。

十四只狗跑得很顺,这样要回沙维希威克就不难。尼尔森的儿子彼得斯和约翰从勾特索一路伴我行,和我在来时陷入冰山迷宫吃尽苦头的塞玛沙克冰河附近分手。他们要去冰山猎北极熊。

"日本人,小心哦!"

"谢谢,再见,代我问候你爸妈好!"

他们挥着手,消失在冰山群里。

太阳升高,气温渐渐上升,穿着狐狸皮裘感觉热。狗跑得很顺,毫无来时的不安疑惧。

第二天傍晚,我在海冰上发现海豹。海豹像点点芝麻般洒在白皑皑的海冰上。一旦冰层变薄、太阳升高时,海豹就爬到冰上晒太阳。我追着海豹北上,雪橇才稍微驶出海面,冰上的海豹就多得令我怀疑自己的眼睛。我不让雪橇太靠近,一边前进又一边向狗发出"啊咿、啊咿"(停)的命令,缓慢前进。但当我架好安放步枪的小橇时，发现并没有遮掩我身体的白布。要想接近海豹而不被发现，必须有这东西不可。我原本有一条绑在雪橇柄上，大概途中自动解开飞掉了。我眼睁睁看着海豹遍地，却无计可施。

幸好我想到一个代替品——汗衫。我从皮箱中拿出汗衫，割开接缝处摊开，虽然有点脏，但比黄色的帐篷布和蓝色的披风好多了。我削下一片雪橇板，把汗衫挂在上面，总算做好掩体。我比手画脚地吩咐狗群。

"乖！我要去猎你们的海豹大餐，乖乖在这里等着！"

狗好像能听懂我的话，停止骚动，坐在雪橇前凝视我。我把掩体放在小橇上，向海豹的位置前进。接近四百米左右时，我揪下一根毛测风向，绕到下风处。我把掩体推向前，匍匐前进。海豹虽然优哉地躺着，但对人和动物的气息很敏感，只要听到一点声音，立刻潜到水下。我接近到二百米时，海豹猛然抬头。我赶快藏身在掩体后。海豹又把头倒在冰上。我又前进。海豹又……我想，如果能接近海豹到只剩一点五米的距离时，怎么打都会中吧！海豹好像察觉到气息不对，紧张地看着掩体。

约一百米处，无法再接近了。我端好步枪对准海豹心脏扣下扳机。"砰！"一声的同时，我的胸部受到冲击。海豹只是抽动一下，立刻跳近呼吸孔里。冰上有血，应该打中它了。

爱斯基摩人一再叮咛我，猎杀海豹时一定要接近到四十到七十米的距离内。但我这次是在看起来像六七十米，实际上一百米外的地方开枪的。以我的枪法，根本打不中。

海豹散落在海冰上晒太阳。我瞄准第二只,一样没打中。是我的枪准星不准吗?应该不会。离开勾特索时,阿尔贝的儿子曾试射我的步枪,准星都很正。是瞄准的地方不对吗?这回,我瞄准海豹的头,完全不中。瞄准第四只时,我还没开枪就已经逃走。我虽然没有多大自信,但每一只都被逃掉,还是让我垂头丧气。四个小时下来,一只也没打到。只是把北极熊皮裤和手套搞得湿淋淋的,真是扫兴。

就在这段时间,雪橇那边发生了严重的大事。我踽踽走回雪橇时,忍不住惨叫。这一趟为回沙维希威克而准备的五六天份粮食都被狗吃个精光。不只是它们的粮食,还有我的。鲫鱼、鲨鱼肉、咖啡、红茶包、砂糖、饼干、人造奶油……通通不留痕迹。

我张口傻眼。我此刻才到沙维希威克路途的一半,还在看不到陆地的巴芬海上。但是耗在这里也不是办法,我总得采取什么行动。我决定继续向沙维希威克前进。虽然返回勾特索的路途比较近,但是狗已吃饱了,即使没有粮食,也能撑个三四天,而且有这十四只狗,特殊时期也能充当食物,何况,明天或许能猎到海豹。我下定决心,挥鞭向狗。

"畜生!我去打你们的食物海豹,看你们做的好事。既然这样,不乖乖听话拉雪橇的话,我就一个个把你们宰来吃!快跑!"

减轻了粮食的重量,雪橇变得较轻,但狗还是跑不快。最前面的康诺特突然慢下脚步,随着激烈的呕吐声,刚才吃下的东西全呕了出来。接着，卡库的狗和伊努特索的狗也开始呕吐。似乎那些食物都让会打架的狗独占了，我在勾特索弄到的几只弱狗这时正努力搜食那些呕吐物。

雪橇的速度更慢，看到吃太多跑不动的狗我就生气，很想挥链打下去，但是让亢奋的狗受伤也很危险。我焦躁不已。傍晚早早停下搭帐篷，明天无论如何要去猎海豹。目前为止每天都写日记，可是今天真的提不起劲。

四月十七日

气温零下二十五度。午后晴。海冰上容易行进，但狗就是想靠近海岸。没看见一只海豹。早上九点出发，跑到晚上十一点。狗已经完全累垮，休息时头立刻趴在雪上躺下来。之前我在帐篷里担心北极熊，但今晚倒希望它真的来袭。

四月十八日

视野一片雾蒙蒙的，看不清。零下二十三度，十点半出发。狗勉强跑了四个小时，下午两点过后速度就比走路还慢。勾特索的两只小狗和卡温那狗哥哥都勉强撑着身体不要倒下。我想让它们离开队伍，但又需要它们哀号警惕并牵制其他的狗，虽然觉得它们可怜，还是要它们继续跑。

狗老大康诺特和其他强势的狗可以吃掉自己拉的屎。但是弱狗拉屎时强狗就绕到它后面，一拉出来就咬走。狗拉屎时会像被鞭打时那样发出声音预告，其他的狗立刻会知道。前面已经写过，狗很喜欢吃大便，粪便当前，根本不听我鞭子的使唤。

傍晚，狗都跑不动后，我跨下雪橇跑在前面。这时狗不必担心鞭打，更彻底怠工。

伊努特索的狗托切和十多岁的老狗完全在偷懒，真正拉雪橇的只有弱狗。我跑步的时速是三公里，狗甚至比我慢，瞬间就和我拉开五十米的距离。勾特索的狗已完全累瘫了，被雪橇拖着走。用鞭子抽打、用铁链恐吓，都毫无反应。我想干脆杀了它们吧！但看到那双凄切望着我的狗眼，我下不了手。

下午六点，雾中突然浮现岛影。我以为是幻觉，因为疲劳过度时常有这种现象，但仍冀望那是沙维希威克岛。我打起精神，拿出地图，还是无法确认这座岛在地图上的位置。晚上十二点搭帐篷，感觉头晕。

"上帝，救救我吧！"

我在帐篷里数度呢喃。

四月十九日

刚才翻开日记，什么也没记载。只是在地图后面记上日期、片段地写着：

瞪着地图，狗不跑，慢吞吞的

一只狗掉进冰河裂隙，浸在海水里
没有粮食已第五天
该吃狗肉吗？
雪橇一半掉进海水
三天前逃掉的海豹在眼前浮沉
梦到猎杀北极熊

上午十点半出发，下午十一点搭帐篷。

我反省自己是不是做了无可挽回的事情？离开勾特索已经七天。每天的行动时间比来的时候要长，应该接近沙维希威克了，可是完全看不到一点迹象。光靠这八十六万分之一的地图来判断地形相当困难，何况这地图也不是格陵兰内陆地图，而是沿岸航线用的海上地图。单独旅行只准备这种地图是错的，但现在再说什么也来不及了。总之我必须采取行动。

今天，我认真考虑是否要杀狗。想到明天的路程，如果不趁今晚杀掉三四只来喂食其他的狗，明天又动不了了。就在今晚付诸实行，是最安全的方法。但我终究做不到。出发以来完全没有战斗力的卡温那狗哥哥是粮食的第一候补，但是我做不到。

阿蒙森、南森和这里的爱斯基摩人，都认为杀狗是理所当然的事。我以为在肖拉帕卢克的生活已让我完全融入爱斯基摩社会，但是我很清楚，对狗的看法，我还是完全无法脱离日本人的想法。

四月二十日

早上,我一直拿着地图推测现在的位置。好像是在距离沙维希威克四五十公里的地点。早上六点出发。狗还是一样,我绕到雪橇后面推。早上推测的位置果然正确,来到上次追击北极熊的地点。

距离沙维希威克还剩三四十公里。我徒步纵断日本列岛时一天平均走五十五公里。即使狗不行了,靠我这双脚也足以应付这段路,我有摆脱死亡阴影的解脱感。

狗突然开跑,我赶紧跳上雪橇。是北极熊?还是海豹?我握紧步枪。狗拼命狂奔,刚才还病恹恹又蹒跚踉跄的,现在却拉直背肌,以时速二十公里的速度冲刺。

"畜生!刚才都在给我打混是吧!"

它们为什么突然狂奔?四周不见北极熊和海豹的影子。雪橇越过一座又一座冰山,眼前突然出现海岸。那不是沙维希威克吗?我从反方向过来,难怪看不到。狗一溜烟奔向海岸,停在岩石磊高的地方。抽着鼻子,扒开地面仰头看我。那是储藏水鸟的洞穴,狗闻到这臭味飞奔而来。下午六点,我终于进入沙维希威克部落。

全村的人都来迎接我。记忆犹新的面庞……每个人都满面笑容。得救了,我感到一阵虚脱。离开勾特索第八天,往程耗时十一天,回程缩短了三天。这些狗也真能撑,很高兴我没有杀了它们。

四月三十日

四月二十三日离开沙维希威克，雪橇顺利经过图勒、莫利沙克。

我把狗赶上往卡纳克的伊特毕克峰。山峰那边就是英格雷峡湾，对岸是我怀念的卡纳克。不过卡纳克毕竟还在五十多公里外，即使站在峰顶也看不到。但光是看到这往返过多次的熟悉地形，就无端涌起"我做到了"的喜悦。我停下雪橇，拍摄好几张照片。先前以卡纳克为据点奔绕多次却丝毫没有感动我的周边风景，此刻却让我有说不出的感动。峰顶的气温零下三十二度，但是脸上的冻伤丝毫不痛。或许是脱皮的关系，但心情的影响似乎更大。

我开始下坡。我在雪橇滑板上缠上铁链、直线滑下倾斜三十五度的陡坡。来时攀爬得恐惧不安又艰苦，现在毫无顾忌。不用鞭策，狗就以时速三十公里的速度拼命向前奔跑。瞬间来到英格雷峡湾。宽四十公里的英格雷峡湾已经让我有散步的心情。卡纳克就在眼前，雪橇上只有帐篷、睡袋、石油炉。那十四只狗闻到卡纳克人的气息，更加快了速度。我数度站起来搜寻卡纳克村的方位。

下午一点，终于看到盘踞山麓的卡纳克村。也看见走动的人影和奔驰的雪橇。我终于到达卡纳克。我不觉对狗说："嘿，终于平安无事地到达卡纳克了，谢谢你们啰！谢谢！"

狗群还忘我地疾驰在不稳的冰层上。

村落渐近。我看到狗，也看到玩耍的小孩。看到怀念的藏肉用木框架。他们都相信我去过乌帕那维克吗？我该怎么向他们说明才好？

雪橇入村，怀念的面孔团团把我围住。也看到阿纳屋卡。

"好吗？"

"很好。"

"你果然去了乌帕那维克？"

"没错，一个人去的。"

"很艰苦吧？"

问题连番抛来，人们争相和我握手。我那封安抵乌帕那维克的电报好像大家都知道了，但在见到我本人以前，他们还是不敢相信。

突然，人墙后面传来"Naomi，Naomi"的叫声。是伊努特索和娜托克。他们赶来卡纳克接我了。

"Naomi，回来了真好！"

伊努特索推开人墙，奔过来紧紧抱住我，不停地拍我的背。娜托克只是抱着我不停地说"Naomi，Naomi"。她眼里含泪，皱纹满布的脸贴着我的脸。我的脸颊沾到娜托克的眼泪，心想，这段漫长艰苦的雪橇旅行真的结束了。

"图勒来的人说，你一个人去沙维希威克，一定死了，我们真的好担心。"

"是啊，直到你的电报来以前，我们都以为你死了。"

我在肖拉帕卢克的家里尽情伸展四肢大睡，那是五月四日，距离我出发之日整整三个月。

再见,肖拉帕卢克

第二十章
滑雪横越肖拉帕卢克—卡纳克之间

结束三千公里的雪橇之旅，回到肖拉帕卢克，我又恢复原本的生活。不是驾着小船去猎海象，就是和卡利去加拿大猎北极熊，享受北极海之旅。

我曾尝试滑雪横越肖拉帕卢克和卡纳克之间。我不是为了打发无聊，在雪橇训练时我就想测试一下滑雪在极地能发挥什么作用。我曾向圣母峰国际登山队的队友挪威人奥图学习北欧式滑雪（Nordic ski）技术。一般的山地滑雪（Gelande ski），我在法国时已向奥运金牌得主尚·巴尔聂学过，并在法国勃朗峰区的业余滑雪赛中获得十三名，因此多少有点自信。但是真的要做越野滑雪（Tour ski）时情况又不一样了。我在挪威奥斯陆时和奥图做过五十公里的越野滑雪。奥图是挪威军方三十公里滑雪赛的冠军，没有人比他更适合当我的教练兼旅伴。

本来，我还有个雪橇旅行的第三期训练计划，在四月到六月间，从格陵兰渡过史密斯海峡到加拿大，再北上肯尼迪海峡到格陵兰最北端的莫里斯角。但是第二期的三千公里之旅让我耗尽心力，无意再做这么大规模的训练，于是以单独滑雪横渡肖拉帕卢克和卡纳克来代替。

五月二十八日永日那天，我把粮食和简单的换洗衣物塞进登山小背包后出发。海冰已开始溶化，去卡纳克必须绕路。严冬时七十五公里的距离现在要走一百公里左右。

结果，我滑到六七十公里的地方时雪橇坏了，剩下的路程只好走路，到达卡纳克的十八个小时的行程中有十个小时是在走路。

途中遇到五六辆狗拉雪橇。但我决定走下去，婉拒爱斯基摩人要载我一程的好意。他们呆呆地看着拖着雪橇踽踽独行的我，满脸不解。

遥遥望见卡纳克村的时候，我的身体已像棉花般软塌塌的。我边走边打瞌睡，感觉像是艰苦的行军。真是累瘫了。早上九点抵达卡纳克后，立刻冲进贩卖所，大口灌饮果汁，吃些饼干。

网捉水鸟

六月以后，岬边的海面聚集许多动物。海豹、海象、海鸥等，其中最多的是一种酷似燕子的水鸟，也是爱斯基摩人塞在海豹肚子里做成"奇维亚"的原料。

一入六月，肖拉帕卢克的山岳地带挤满产卵的水鸟。从五月底开始，鸟的大合唱替代了闹钟。这鸟一飞来，村人便合家大小带着捞网跑到岬边，爬到山腰，捞捕贴着岩壁飞翔和躲在岩石后面的水鸟。就像用网子捉蝴蝶一般，一天三个小时下来，就是生手也能轻松捕到四五百只。因此五六月时爱斯基摩人的主食几乎都是水鸟,生吃、煮熟吃,或是用油煎来吃。

在肖拉帕卢克的岩岸,会有一种类似燕子的水鸟飞来产卵。这种鸟是爱斯基摩人六七月的食物来源之一。

峡湾的海冰上形成淡水湖、气温也升高到零下十度的六月,夏天已经来访,这时爱斯基摩人的服装也从狐狸皮裘或驯鹿皮毛外套换成维尼纶布的夹克。

海冰上不能行驶狗拉雪橇时,卡利就杀掉冬天时工作不力的狗。十四只狗中有四只吊在木框架上。红色的狗肉塞进爱斯基摩人的胃,狗皮则做成儿童靴子的衬里。我也享受到一只盐腌的狗腿,吃进肚子总觉得怪怪的。

回顾这十个月来在肖拉帕卢克的生活,是一连串艰苦同时也愉快的日子。乌帕那维克之旅太过漫长，害我不得不放弃加拿大之旅，是有点遗憾，但整体而言我仍然非常满足。

独闯毫无文明气息的极北爱斯基摩部落、吃生肉、学会驾驶狗拉雪橇技术、在不见阳光的漆黑中驾着雪橇独闯三千公里，都让我感到十分满足。尤其是三千公里的距离和我计划中从罗斯海（Ross Sea）经过南极点到威德尔海（Weddell Sea）的距离相同。我在格陵兰驾驶狗拉雪橇总共长达六千公里的经验，对我的南极计划帮助极大，虽然两者之间有海冰和陆冰的差异。

再见，肖拉帕卢克

六月二十六日，告别肖拉帕卢克的日子终于到了。今天早上，伊努特索和娜托克赶来我家，帮我准备出发。娜托克哭了。但是我不能一直依赖他们住在这里。

如果能够，我真的很想带他们离开这个冰封世界，到植物青绿繁茂、阳光灿烂的世界去。我想带他们回日本，想让他们看看我亲生父母所在的日本乡下。我望着含泪作别的养父母，真的好心酸。我真的想当他们的孩子吗？我是不是在欺骗他们？这份感觉直到最后都无法抹去。

伊努特索说："Naomi，你带着这个阿亚嘎库（海象牙做的玩具），在日本时也会想到我们。"

他那裂痕、皱纹满布的手掌紧握我的手。我对娜托克说："我明年还会回来，要好好活到那时候啊！"说着，脱下身上的羽绒服和围巾送给她。我分送咖啡杯给村里的人,一个个感谢他们这些日子来的照顾。我给小孩子无花果干,约好再见。不论何时何地,和亲近的人分离总是难过。我要从图勒基地搭飞机离开。

我挥鞭向狗拉雪橇。

孩子们追赶雪橇。

爱斯基摩人都挥着手。

再见,肖拉帕卢克。再见,伊努特索。再见,娜托克、伊米那、卡利、安娜……我一定会回来。暂时再见了。

海狗的解体作业。照片中前排人物（由左向右）：伊米那、作者植村直己、柯提阳加。海狗和海豹一样，都是爱斯基摩人重要的食物来源。

后 记

成功攀登世界五大陆的最高峰后，我脑中萦绕不去单独横越南极大陆的梦想。为此，我在一九七一年夏天徒步纵走稚内—鹿儿岛（三千公里，五十二天），因为我想实际用我这双脚体验一下三千公里的距离。一九七二年一二月，我去面对南极威德尔海、位在菲尔契纳冰棚（Filchner Ice Shelf）的贝尔格拉诺二世观测站（阿根廷）侦察。这回，我又来到世界最北的部落，想在这里实际磨炼一些极地生活的能力，当然最大的目的是让身体适应气候变化和学会狗拉雪橇技术。

回顾和爱斯基摩人共同生活的一年，再检讨我的南极计划，说不上已做好万全准备。

的确，我到格陵兰的目的虽然都已达成，但是南极方面还有许多不充分的要素。因此，在去南极之前，我又计划从格陵兰经过加拿大到阿拉斯加白令海的一万公里雪橇旅行。

我心中的横越南极还在做梦的阶段。但我确信，当这一万公里的雪橇计划达成时，南极计划也将从做梦阶段跨入具体计划阶段。

许多人支援我的格陵兰计划，当我遇到困难时总是想起他们来激励自己，在此，我由衷地向他们表达我深深的谢意。

附录　植村直己年谱

一九四一年二月　十二日，生于兵库县城崎郡国府村（现为日高町）上乡。

一九四七年四月　就读府中小学。

一九五三年四月　就读府中中学（现为日高东中学校）。课外活动参加排球社。

一九五六年四月　就读兵库县立丰冈高等学校，一年级时和同学攀登苏武岳。

一九五九年三月　丰冈高校毕业。

四月　任职新日本运输。

五月　转调东京两国分店。一时放弃升学，但又悄悄准备升学考试，十个月后离职。

一九六〇年四月　就读明治大学农学院农产制造系，参加登山社。

五月　迎新训练时初登北阿尔卑斯山白马岳。

一九六三年三月　成为登山社次要领袖。为了增加考验，在剑岳的春山训练后，单独纵走黑部溪谷的S形峡—仙人山—剑泽二股—梯谷乘越—真砂尾根—真砂岳—室堂—千寿原。

一九六四年三月　明治大学毕业。

五月　带着在建筑工地打工存下的四万日元搭乘阿根廷丸前往洛杉矶。在 Mikado 汽车旅馆和福雷斯诺农场打工，因为没有工作签证，遭美国移民局遣送出境，十一月转往法国。

十一月　尝试攀登勃朗峰，掉落冰河裂隙。年底，在玛提尼的阿波里滑雪场工作。

一九六五年二月　参加明治大学哥尊巴康峰远征队。和夏尔巴人喷巴·登津一同攀登哥尊巴康第二峰。

一九六六年七月　单独登上欧洲最高峰勃朗峰，以及玛塔荷伦峰。

十月　单独登上非洲第二高峰肯亚山的雷那那峰（Mt. Lenana，四千九百八十五米）、非洲最高峰乞力马扎罗山（五千八百九十五米）。

一九六七年七月　参加国际阿尔卑斯山集会。

八月　初次踏上格陵兰西海岸，在亚可布斯罕（Jakobshavn/Illulissat）勘查冰河。

十二月　离开居住三年的玛提尼前往南美。

一九六八年一月　登上南美艾尔普拉达山。

二月　单独登上南美最高峰阿空加瓜山。为无名峰命名为明治峰以纪念母校。

四月　从亚马逊河源头的由利马古亚斯（Yurimaguas）出发，乘坐木筏下到六千公里外的河口马卡帕，费时两个月。之后，到阿拉斯加攀登北美最高峰麦金利山，未获登山许可，只攀登圣福特峰即踏上归途。

十月　返国。

一九六九年四月　担任日本山岳协会圣母峰远征队第一次先遣队员，试登南壁路线至海拔六千三百米处。再加入第二先遣队，十月，攀登南壁至海拔八千米高度。随后留在尼泊尔的库钓，寄居在喷巴·登津家里过冬，加强高地训练。

一九七〇年五月　二十日，担任日本山岳协会圣母峰远征队第一次攻顶队员，与松浦辉夫同为第一个站上世界最高峰的日本人。

八月　单独登上麦金利山，为世界第一个成功攀登五大陆最高峰者。

十二月　参加山学同志会的大朱拉斯北壁登山队。这时开始有"我最后的梦想就是驾着狗拉雪橇单独横越南极大陆"的想法，开始收集南极的相关资料。

一九七一年一月　成功攀登大朱拉斯山北壁。成功攀登渥卡侧棱第三峰。

二月　和伊藤礼造一起参加圣母峰南壁国际登山队。但因内部纠纷解散，未能达成南壁登顶。

八月　三十日，从北海道稚内出发，徒步纵走日本列岛三千公里。十月二十日，抵达鹿儿岛。同年，出版处女作《赌青春于群山》。

一九七二年一月　前往南极的阿根廷属贝尔格拉诺二世观测站侦察。归途中尝试攀登高度落差三千米的阿空加瓜山南壁。

五月　视察格陵兰东海岸的安马沙利克。

九月　住进格陵兰最北端的肖拉帕卢克村，和爱斯基摩人共同生活。

一九七三年二月　四日，驾狗拉雪橇从肖拉帕卢克出发，三月二十一日抵达乌帕那维克，再循着来时路于四月三十日返抵肖拉帕卢克。成功完成三千公里的单独雪橇之旅。

七月　返国。这时，在常去的猪排店邂逅野崎公子。

一九七四年二月　担任明治大学炉边会的喜马拉雅山远征侦察队员，前往达拉吉丽（Dhaulagiri）山群北麓。

五月　十八日，与野崎公子结婚。

十一月　二十二日，从格陵兰西海岸的克魁塔（Qeqertat）部落出发，展开北极圈一万二千公里的单独雪橇之旅。

一九七五年四月　五日，渡过史密斯海峡入境加拿大。

六月　十二日，抵达剑桥湾（Cambridge Bay），在安德森湾（Anderson Bay）过夏。

七月　获得草野心平主宰的同人志"历程"第十三届历程赏。

十二月　十五日，自剑桥湾出发，前往阿拉斯加。

一九七六年三月　二十一日，入境美国。

五月　八日，抵达柯兹布（Kotzebue），结束漫长的雪橇之旅。

七月　登上高加索最高峰厄尔布鲁士山（Mt.Elbrus，五千六百四十二米）。

一九七七年四月　勘查加拿大的雷索鲁特（Resolute），作为前往北极点的参考。

一九七八年三月　五日，从哥伦比亚角（Cape Columbia）出发，展开世界最初的北极点雪橇单独行。

四月　二十九日，到达北极点。

五月　十二日，从摩里斯岬出发，展开雪橇纵走格陵兰。

八月　二十二日，抵达格陵兰南端的那诺塔利克（Nanortalik）。

九月　十日，母亲老衰辞世。

十一月　九日，获得第二十六届菊池宽赏。

一九七九年二月　获得英国的运动奖章，勇夺"世界最勇敢的运动员"称号。

六月　应中国政府之邀访问西藏拉萨。

十二月　前往尼泊尔勘查严冬期的圣母峰。

一九八〇年七月　远征阿空加瓜山，为挑战冬天的圣母峰作训练准备。

八月　和松田研一、阿久津悦夫再度攀登严冬期的阿空加瓜山。

十月　担任日本冬季圣母峰登山队队长，自日本出发。

一九八一年一月　冬季圣母峰登顶计划在南拗口放弃。

十二月　为电视及杂志采访而访问阿根廷，在南极大陆的马兰比欧观测站滞留七天。

一九八二年一月　计划攀登南极最高峰文森峰（Vinson Massif，五千一百四十米），因爆发福克兰岛纷争，未获阿根廷军方同意，只得放弃。

一九八三年三月　结束在南极一年的越冬生活，返国。

十月　就读美加国境附近的明尼苏达野外学校（Minnesota Outworld Bound School）。

一九八四年一月　前往安克利治准备单独攀登冬季的麦金利山。

二月　十二日下午六时五十分，成为世界首位冬季单独登上麦金利山者。十三日上午十一时，与朝日电视的包机联络，告知登顶成功后即断绝消息。

四月　获国民荣誉赏。

十二月　阿拉斯加政府十二日签发的"推定二月十六日在麦金利山遇难死亡"的死亡鉴定书送达日本。

一九九四年四月　日高町成立"植村直己冒险馆"。

* 主要著作有《赌青春于群山》（一九七一年，每日新闻社）、《北极圈一万二千公里》（一九七六年，文艺春秋）、《北极心格陵兰单独行》（一九七八年，文艺春秋）等。